U0935002

当代文学的力量

时 代 的 声 音

尚书房

重点优秀作品

火锅子

铁　凝著

短篇小说卷

北京文学月刊社 主编

图书在版编目（CIP）数据

火锅子 / 铁凝等著． —北京 ：文化发展出版社，2016.9（2019.7重印）
（《北京文学》2013年～2014年重点优秀作品　北京文学月刊社主编）
ISBN 978-7-5142-1492-5

Ⅰ．①火…　Ⅱ．①铁…　Ⅲ．①短篇小说－小说集－中国－当代
Ⅳ．①I247.5

中国版本图书馆 CIP 数据核字 (2016) 第 193574 号

火锅子

铁凝 / 著

出 版 人：赵鹏飞
总 策 划：尚振山
责任编辑：肖贵平
责任校对：魏　欣　　**责任印制**：杨　骏
责任设计：侯　铮　　**排版设计**：麒麟传媒

出版发行：文化发展出版社（北京市翠微路 2 号　邮编：100036）
网　　址：www.wenhuafazhan.com
经　　销：各地新华书店
印　　刷：三河市金元印装有限公司
开　　本：787mm × 1092mm　1/32
字　　数：63 千字
印　　张：5.25
印　　次：2016 年 12 月第 1 版　2019 年 7 月第 3 次印刷
定　　价：39.00 元
I S B N ：978-7-5142-1492-5

◆ 如发现任何质量问题请与我社发行部联系。发行部电话：010-88275710

《北京文学》
重点优秀作品

（以得票多少为序，票数相同以发表时间为序）

【中篇小说】：《暗杀刘青山张子善》作者：李　唯

《朗霞的西街》作者：蒋　韵

《出门远行》作者：孙春平

《蓝名单》作者：杨少衡

《鸭舌帽》作者：尤凤伟

【短篇小说】：《火锅子》作者：铁　凝

《合作》作者：刘庆邦

《老爸的家庭会议》作者：女　真

《秘密》作者：霍　艳

《都市众生》作者：聂鑫森

【报告文学】：《低天空：珠三角女工的痛与爱》作者：丁 燕

《赶考——西柏坡感思》作者：李春雷

《探海蛟龙》作者：陈 新

《绝地上的诞生——一个人发疯的科学神话》作者：陈启文

《落寞夕阳——中国农村留守老人现状采访记》作者：李彔璐

【散　　文】：《谁能够让你站起来》作者：张秀超

《命如蒿草》作者：赵 殷

《小孩，男人，狗》作者：袁劲梅

《亲爱的花朵》作者：安 然

【诗　　歌】：《且行且吟》作者：吴开展

《东方集》作者：黄 梵

《于坚的诗》作者：于 坚

【新人新作】：《二月里来好春光》作者：刘紫剑

《太平湖》作者：李学辉

《原点》作者：周建标

【转载作品】：《晚安玫瑰》作者：迟子建

《第四十圈》作者：邵　丽

《金山寺》作者：尤凤伟

《良霞》作者：李凤群

《世间已无陈金芳》作者：石一枫

《晚祷》作者：蒋　韵

《月煞》作者：孙　频

《种桃种李种春风》作者：余一鸣

《报道》作者：红　日

《莲露》作者：陈　谦

北京文学月刊社

2016 年 6 月

前　言

文学照耀生活，精品点亮人生。

亲爱的读者，此刻呈现在您眼前的这套10卷本作品集，系我社举办的《北京文学》2013年～2014年重点优秀作品评选的上榜之作，囊括了两年间《北京文学》(精彩阅读)和《北京文学·中篇小说月报》发表的文学作品精华，包括

《北京文学》（精彩阅读）的原创中篇小说、短篇小说、报告文学、新人新作、散文和诗歌6大门类的25部优秀作品，以及《北京文学·中篇小说月报》转载的10部优秀中篇小说。这些作品，是经过《北京文学》编辑部严格把关、层层推选出来的。进入初评的候选作品，参考了作品发表之后的社会反响，如转载情况、读者反馈、文学界各方评价等，由《北京文学》编辑部集体讨论确定。终评上榜的优秀作品，由国内著名作家、评论家、编辑家组成的终评委，在集中讨论、充分发表意见基础上，现场无记名投票，按照得票多寡评出。这些作品，题材多样，风格迥异，内蕴丰富，精彩纷呈，作者队伍也实力强劲。在中篇小说、短篇小说、报告文学、散文、诗歌5个门类的30多位获奖作者中，既有铁凝、刘庆邦、迟子建、蒋韵、尤凤伟等知名作家，也有石一枫、孙频、霍艳、陈新等新锐作家，还有袁劲梅、陈谦等活跃的海外华人作家。

此前，《北京文学》曾以“《北京文学》奖”和“老舍散文奖”的形式评选奖励优秀作品，由于近年国家文化主管部门规范各类评奖，从本届评选开始，北京文学月刊社原有的“《北京文学》奖”和“老舍散文奖”合二为一，改为按年度划分的优秀作品评选，对优秀作品资金的扶持力度也大幅度提高。这套10卷本的优秀作品丛书，既是我社对2013年～2014年《北京文学》（精彩阅读）和《北京文学·中篇小说月报》发表作品的一次集中检阅，也是这两年间中国文学精品力作的一次集中呈现，值得广大文学读者阅读和收藏。

北京文学月刊社

2016年7月

目　录

火锅子 |铁　凝|

铁凝，女，当代著名作家，1957 年生于北京。现为中国作家协会主席。1975 年开始发表文学作品。主要著作有长篇小说《玫瑰门》《大浴女》《笨花》等 4 部，中、短篇小说《哦,香雪》《第十二夜》《没有纽扣的红衬衫》《对面》《永远有多远》等 100 余部、篇，以及散文、随笔等共 400 余万字,结集出版小说、散文集 50 余种。1996 年出版 5 卷本《铁凝文集》，2007 年人民文学出版社出版 9 卷本《铁凝作品系列》。作品曾 6 次获包括“鲁迅文学奖”在内的国家级文学奖，另有小说、散文获中国各大文学期刊奖 30 余项。由铁凝编剧的电影《哦，香雪》获第 41 届柏林国际电影节大奖，以及中国电影“金鸡奖”“百花奖”。部分作品已译成英、俄、德、法、日、韩、西班牙、丹麦、挪威、越南等多国文字。

他和她站在窗前看雪，手拉着手。雪已经下了一个早晨，院子里那棵小石榴树好像穿起了白毛衣，看上去挺暖和的。

这棵小石榴树也就一人多高。别看树不大，可不少结果，一个秋天就结了四十多个石榴，压得树枝朝地上深深地弯着腰。那时候天还不冷，她拉着他走到石榴树跟前，有点赞叹、有点感慨地说：看把她给累的！仿佛石榴树是他们家的一名产妇。

他说，我就没觉得一棵树会累。

她说，我说她累她就累。

他笑了，看着她说：你呀。

今天，她站在窗前告诉他，雪中的石榴树穿着白毛衣挺暖和。

他说：我怎么没觉得。

她说，我就这么觉得。

他故意抬杠似的说：身上穿着雪怎么会暖和呢？

她急得摇了一下他的手说，我说暖和就暖和。

他告饶似的说，好好好，你说暖和就暖和。

她乐了，就知道他得这么说。又因为知道他会这么说，她心里挺暖和。

他 87 岁，她 86 岁。他是她的老夫，她是他的老妻。他一辈子都是由着她的性儿。由着她管家，由着她闹小脾气，由着她给他搭配衣服，由着她年节时擦拭家里仅有的几件铜器和银器。一对银碗，两双银筷子，一只紫铜火锅。

这么好的雪天，我们应该吃火锅。她离开窗户提议。

那就吃。他拉着她的手响应。

他们就并排坐在窗前的一只双人沙发上等田嫂。田嫂是家里的小时工，一星期来两次，打扫卫生，采购食品。今天恰好是田嫂上门的日子。雪还在下，他们却不担心田嫂让雪拦住不来。他们认识田嫂二十多年了，一个实在而又利索的寡妇。

田嫂来了，果然是风雪无阻。他们两人抢着对田嫂说今天要涮锅子。田嫂说，老爷子老太太好兴致。田嫂称他们老爷子老太太。

她说，兴致好也得有好天衬着。

田嫂说，天好哪里敌得过人好。瞧你们老两口，一大早起就手拉着手了。倒让我们这做小辈儿的不知道怎么回避呢。

认识的年头太久了，田嫂故意闹出点没大没小。

他们俩由着田嫂说笑，坐在沙发上不动，也不松开彼此的手。

其实田嫂早就习惯了老爷子老太太手拉手坐着。从她认识他们起，几十年来他们好像就是这么坐过来的。他们坐在那儿看她抹桌子擦地，给沙发和窗帘吸尘，把买回来的肉啊蛋啊蔬菜啊分门别类储进冰箱。遇上天气晴和，田嫂也会应邀陪他们去商店、去超市。老爷子在这些地方逛着逛着就站住脚对老太太说：挠挠。他这是后脊梁痒了。老太太这时才松开老爷子的手，把手从他的衣服底下伸进去，给他挠痒痒。田嫂闪在一旁只是乐。他们和田嫂不见外，却没有想过请她做住家保姆，或者是请她以外的什么人进家。田嫂知道，他们甚至并不特别盼着四个孩子和孩子们的孩子定期对他们的看望。那仿佛是一种打扰，打扰了他们那永不腻烦、永不勉强的手拉手坐着。每回孩子们来，老爷子老太太总是催着他们早点走，给人觉得这老俩急于要背着人干点什么。这是哪辈子修来的！田嫂叹着，一边觉出自己的凄凉孤单，一边又被这满屋子的安祥感染。

他催着田嫂去买羊肉，她嘱咐田嫂把配料写在纸上省得落下哪样。田嫂从厨房拿出一张折叠整齐的白纸展开说，上回买时都记下啦，我念念你们听听。无非是酱豆腐，卤虾油，韭菜花，辣椒油，花椒油，糖蒜，白菜，香菜，粉丝，冻豆腐……田嫂念完，老爷子说，芝麻酱你忘了吧？老太太说，芝麻酱家里还有半罐子呢。老爷子又说，还有海带，上回就忘了买。田嫂答应着，把海带记在纸上。涮海带是老爷子的创新，一经实践，老太太也喜欢上了。海带是好东西。

田嫂就忙着出去采购。出门前不忘从厨房端出那只沉甸甸的紫铜火锅，安置在客厅兼餐厅的正方形饭桌上，旁边放好一管牙膏和一小块软抹布。这是老太太的习惯，接长不短的，她得擦擦这只火锅。隔些时候没擦，就觉得对不起它。上一回吃了涮锅子她还没擦过它呢，有小半年了。上一回，是为了欢迎没见过面的孙子媳妇，老爷子老太太为他们准备了涮锅子。

他见她真要擦锅，劝阻说，今天可以不擦，就两个人，非在乎不可啊？

她说，唔，非在乎不可，两个人吃也得有个亮亮堂堂的锅。说着从沙发上起身坐到饭桌旁边，摸过桌上的抹布，往抹布上挤点牙膏，用力擦起锅来。

他就也凑过来坐在她对面看她擦锅。锅可真是显得挺乌涂，也许是他的眼睛乌涂。他的眼睛看着火锅，只见它不仅没有光泽，连轮廓也是模糊一团。他和她都患了白内障，他是双眼，她是右眼。医生说他们都属于皮质性白内障，成熟期一到就可以手术。他和她约好了，到时候一块儿住院。

她擦着锅盖对他说，你看，擦过的这块儿就和没擦过不一样。

他感受着她的情绪附和着说，就是不一样啊，这才叫火锅！

他俩都喜欢吃火锅，因为火锅，两个人才认识。20 世纪 50 年代初，他们正年轻，周末和各自的同事到东来顺涮一锅。那时有一种“共和火锅”，单身的年轻男女很喜欢。所谓共和，就是几个不相识的顾客共用一只火锅，汤底也是共用的。锅内栏出若干小格，好比如今写字楼里的隔断式办公。吃时每人各占一格，各自涮各自点的羊肉和配料。锅和汤底的钱按人头分摊，经济且节能。那时候的人和空气相对都更单纯，没有 SARS，也不见 H7N9。陌生人同桌同锅也互不嫌弃，共和着一只大锅，颇有四海之内皆兄弟之气象。那天他挨着她坐，吃完自己点的那份肉，就伸着筷子去夹她的盘中肉，她的盘子挨着他的盘子。他不像是故意，她也就不好意思提醒。可是他一连夹了好几筷子，她的一位男同事就看不公了，用筷子敲着火锅对他说，哎哎，同志，这火锅是共和的，这肉可是人家自己的！同桌的人笑起来，他方才醒悟。

她反倒因此对他有了好感，就像他对她同样有好感。后来他告诉她，那天他在她旁边一坐，心就慌了。她追问他，是不是用吃她盘子里的肉来引起她的注意？他老实地回答说没想那么多，他也不知道自己怎么了。他们开始约会，她知道他是铁路工程师，怪不得有点呆。他知道她在一个博物馆当讲解员，怪不得那么伶牙俐齿。后来他们就成了一家人。在她的嫁妆里，除了一对银碗，两双银筷子，还有一只紫铜火锅。

紫铜火锅是她姥爷那辈传下来的，姥爷家是火锅手艺人，从前他们家手工打制的火锅专供京城皇宫。这只火锅，铜是上好的紫铜，光泽是那么油润而不扎眼。锅盖和锅身均无特别的装饰，只沿着人字形的炭口镶嵌了一组黄铜云朵。她没事就把它搬出来擦擦，剪一块他穿糟了的秋衣袖子，蘸着牙膏或者痱子粉擦。她是个爱干净的人，能用猪皮把蜂窝煤炉子的铸铁炉盘擦成镜子，照得见人影儿。当她神情专注地擦着火锅时，家里的气氛便莫名地一阵阵活跃，他的食欲给调动起来，仿佛东来顺似的涮锅子就要开始了。

她真给他做过涮锅子，没肉，涮的是虾皮白菜，蘸酱油。他们结婚以后迎来了食品匮乏的时代，总是缺油少肉，副食品供应也要凭证凭票。平常人家，很少有人真在家中支起火锅涮肉——去哪儿找肉呢？八年间他们生了四个孩子，更需处处精打细算。但是他爱吃她做给他的虾皮涮白菜或者白菜涮虾皮，当他守住那热腾腾的开水翻滚的火锅时，心先就暖了，他常常觉得是家的热气在焐着他。家里一定要有热气，一只冒着热气的锅，或者一张锃亮的可以直接把冷馒头片摆上去烤的蜂窝煤炉盘，都让他感到温厚的依恋。只是他不善言辞，不能把这种感觉随时表述给她。他认真地往火锅里投着白菜，她则手疾眼尖地在滚沸的开水里为他捞虾皮。一共才一小把虾皮，散在锅里全不见踪影。可她偏就本领高强，大海捞针一般，手持竹筷在滚水里捕捉，回回不落空。当她把那线头般的细小虾皮隔着火锅放进他的碗时，他隔着白色的水气望着她，顶多说一句：看你！

有时候，他也想把火锅里的精华捞给她吃，虽然充其量只是几枚虾皮。但他手笨，回回落空。仅有一次他的筷子钳住个大家伙，捡出水面看看，不过是一颗红褐色的大料。她叫他把大料放回锅里，一锅白开水指着它提味儿呢。他就不再和她比赛捞虾皮了，他心满意足地吃着虾皮白菜，忽然抬起头冒出一句：我老婆啊！

他知道这一生离不开她，就像她从来也没想离开他一样。一辈子，他们只分开过有数的几回，包括她生四个孩子的那四次住院，也还有他在那场巨大的革命中被送到西北的深山里劳动一年。后来他和一批同事提前回到城市，他们被编入一个科研攻关组，为铺设北京第一条地铁效力。虽然他远不是其中的主角，也没在真正的一线，可这并不妨碍他们的小儿子每次乘地铁时总对同学吹嘘：知道这地铁是谁设计的吗？我爸！

田嫂回来了，羊肉、调料样样齐备。她一头钻进厨房，该洗的洗，该切的切，眨眼间就大盘小碟地摆出一片。她把那些盘盏依次从厨房端出来，端上老爷子老太太守着的餐桌，绕着桌子中央的大火锅码了一圈，众星捧月一般。接着，田嫂还得先把火锅子端走——老太太擦得满锅牙膏印，得冲洗干净。好比一个洗澡的人，不能带着一身肥皂沫就从澡堂子里出来。田嫂在厨房的水龙头下冲洗着火锅，发现这锅并没有像从前那样被老太太擦得锃亮，锅身明一块暗一块的，锅脚干脆就没有擦到，边边沿沿，渍着灰绿色的铜锈。想到老人的眼疾，田嫂心话，真难为您了。那边老太太又问锅擦得亮不亮，如同孩子正等待大人的褒奖。田嫂打算撒个小谎，高声应答说，亮得把我都照见啦！把我脸上的黄褐斑都照见啦！他和她听见田嫂的话，呵呵笑起来。

续满清水、加了葱、姜、大料和几粒海米的火锅重又让田嫂端上饭桌，只等清水咕嘟咕嘟滚沸，涮锅子就正式开始了。他和她欢悦地看着桌上的火锅和火锅周围的盘盏，尽管那火锅在他们眼里绝谈不上光芒四射，但田嫂的形容使他们相信那锅就像从前，几年、几十年前一样的明亮。田嫂则“职业性”地偏头看看火锅的炭口，炭火要旺啊。这一看，哎呦喂！田嫂叫了一声，真是忙中出错，她忘记买木炭了。

这个忘记让他和她都有点扫兴，可他们又都不打算退而求其次——去搬孙子媳妇送的一只电火锅。他曾经说过，那也能叫火锅？田嫂也没打算动员他们使用电火锅。就为了已经端坐在桌上的这只明一块、暗一块的紫铜火锅，她也得冒雪再去买一趟木炭。就为了老爷子和老太太的心气儿，值。

等着我啊，一会儿就回来。田嫂像在嘱咐两个孩子，一阵风似的带上门走了。

他和她耐心地等着田嫂和木炭，她进到厨房调芝麻酱小料，他尾随着，咕咕哝哝地又是一句：我老婆啊。

他一辈子没对她说过缠绵的话，好像也没写过什么情书。但她记住了一件事。大女儿一岁半的时候，有个星期天他们带着孩子去百货公司买花布。排队等交钱时，孩子要尿尿。他抱着孩子去厕所，她继续在队伍里排着。过了一会儿，她忽然觉得有人在背后轻轻拨弄她的头发。她小心地回过头，看见是他抱着女儿站在身后，是他在指挥着女儿的小手。从此，看见或者听见“缠绵”这个词，她都会想起百货公司的那次排队，他抱着女儿站在她身后，让女儿的小手抓挠她的头发。那就是他对她隐秘的缠绵，也是他对她公开的示爱。如今他们都老了，浑身都有些病。他们的听觉、味觉、嗅觉和视觉一样，都在按部就班地退化。但每次想起半个多世纪前的那个星期天，她那已经稀疏花白、缺少弹性的头发依然能感到瞬间的飞扬，她那松弛起皱的后脖颈依然能感到一阵温热的酥麻。

一个多小时之后，田嫂又回来了，举着家乐福的购物袋说，木炭来了木炭来了，不好买呢，就家乐福有。

火锅中的清水有了木炭的鼓动，不多时就沸腾起来。田嫂请老爷子老太太入席，为他们掀起烫手的锅盖。他们面对面地坐好，不约而同看一眼墙上的挂钟，朦朦胧胧的，仿佛是11点半了吧？要么就是12点半？心里怪不落忍，齐声对田嫂说，可真让你受累了！

田嫂没有应声，早已悄悄退出门去。她心里明白，这个时候，老爷子老太太身边别说多一个活人，就是多一只空碗，也是碍眼的。

他们就安静地涮起锅子。像往常一样，总是她照顾他更多。他们的胃口已经大不如前，他们对涮羊肉小料那辛、辣、卤、糟、鲜的味觉感受也已大打折扣。可这水气蒸腾的锅子鼓动着他们的兴致。他们共同向锅中投入眼花缭乱的肉和菜。她捞起几片羊肉放进他的碗里，他就捞起一块冻豆腐隔着火锅递给她。她又给他捞起一条海带，他就也比赛似的从锅里找海带。一会儿，他感觉潜入锅中的筷子被一块有分量的东西绊住了，就势将它夹起。是条海带啊，足有小丝瓜那么长，他高高举着筷子说：你吃。

她推让说：你吃。

他把筷子伸向她的碗说：你吃。

她伸手挡住他的筷子说：你吃，你爱吃。

他得意地把紧紧夹在筷子上的海带放进她的碗说，今天我就是要捞给你吃。

她感觉被热气笼罩的他，微红的眼角漾出喜气。她笑着低头咬了一小口碗里的海带，没能咬动。接着又咬一口，还是没能咬动。她夹起这条海带凑在眼前细细端详，这才看清了，她咬的是块抹布，他们把她擦火锅的那块抹布涮进锅里去了。

他问她：还好吃吧？

她从盘子里捡一片大白菜盖住“海带”说，好吃！好吃！

她庆幸是自己而不是他得到了这块“海带”，她还想告诉他，这是她今生吃过的最鲜美的海味。只是一股热流突然从心底涌上喉头，她的喉咙发紧，什么也说不出来，就什么也没再说。

他又往锅里下了一小把荞麦面条，她没去阻拦。喝面汤时，他们谁都没有喝出汤里的牙膏味儿。

她双手扶住碗只想告诉他，天晴了该到医院去一趟，她想知道眼科病房是不是可以男女混住？她最想要的，是和他住进同一间病房。

雪还在下，窗外白茫茫一片。那棵小石榴树肯定不再像穿着毛衣，她恐怕是穿起了棉袄。

合 作 |刘庆邦|

刘庆邦，男，1951年生于河南沈丘，当过农民和矿工。现为北京作协驻会作家。主要作品有《走窑汉》《鞋》《梅妞放羊》。发表于《人民文学》1997年第1期的短篇小说《鞋》获第二届鲁迅文学奖。1990年加入中国作家协会，1996年当选中国作协全委会委员。

贺品刚不爱喝白酒，也不爱喝红酒，只爱喝啤酒。白酒辣，红酒甜，啤酒说不上是什么味儿，却是他的最爱。在炎热的夏天，一口气把冰镇啤酒喝上一瓶，那叫一个痛快。贺品刚喝啤酒时，不用动嘴唇，不用动舌头，也不用动喉咙，只需把嘴巴张成一个洞口，直接把啤酒往洞口里倾倒就行了。金子华笑话他，说他喝啤酒过于粗放、野蛮，简直像灌老鼠洞子一样。按道理，往老鼠洞子里灌了液体，老鼠们受淹不过，应该顺着洞壁从洞口爬出来。然而，液体灌了不少，洞口一点儿动静都没有。金子华说，这么好的东西，让他喝了白瞎了。

白瞎也要喝。这天下班后，贺品刚拐进一家小饭馆，先灌了一瓶啤酒。他没有点热菜，只要了一盘水煮毛豆。一会儿回家他还要吃饭，在这儿吃饱没有必要，只过一下啤酒的瘾就可以了。路边的银杏树叶子已经发黄，一阵秋风吹过，明黄的叶片纷纷落在地上。贺品刚喝一杯啤酒，吃几粒咸滋滋儿的毛豆，蛮舒服蛮享受的。在小饭馆里用餐的人不算少，每张窄窄的小餐桌前差不多都坐了人。贺品刚看见，邻桌一位戴白边眼镜的年轻女人，也在一个人喝啤酒。年轻女人比他奢侈些，除要了一份水煮毛豆外，还要了一份热气腾腾的羊杂火锅。一个人自斟自饮，都是老爷们儿干的事。年纪轻轻的女人家，也在一个人喝啤酒，这让贺品刚有些不解。喝一瓶啤酒等于给肚子下了一阵小雨，肚子尚未湿透。贺品刚有心再喝一瓶，给肚子下雨下到中雨量级，想到金子华正在家里等他，就没有再喝。他要是喝两瓶啤酒，回到家有可能会打酒嗝，让金子华闻到就不好了。到了秋后，天气转凉，金子华就不再给他买啤酒喝。金子华说是爱护他，是在为他的身体着想。金子华的说法有些玄，说虽然天气凉了，贺品刚的心肠还是热的，要保持一副热心肠，凉啤酒就不能再喝。贺品刚对金子华的话意有些琢磨不透，啤酒和心肠并不搭界，不知金子华是怎么把它们联系起来的。他总觉着，金子华把话说高了。

贺品刚上班的地方在通州，下班后他挤上地铁，一路向西，到东单换乘另一条线路，再一路向北，到站后还要走上二三里路，才回到他们居住的小区。此时天已经黑了下来，霓虹灯纷纷亮起。小区的大门右侧，开有一家足疗店，足疗店的大门脸是朝外的。为了招徕居住在小区内的顾客，店主在足疗店的后门上方用宽幅的霓虹灯灯箱打出一条横幅，横幅上的字在滚动播出，除了足疗，还有保健、按摩、超级享受等字样。因霓虹灯制成的字样比较大，映在贺品刚脸上也有些红，滚动的红。对于贺品刚来说，这个足疗店等于兔子窝边的花草。他没去那里吃过，也知道那里面都有些什么“花草”。有奇葩样金子华顶着，那些“花草”不吃也罢。

他一开门就喊：子华，我回来了！

金子华正在厨房里炒菜，抽油烟机抽得呼呼响。尽管噪声不小，金子华还是把贺品刚的报告听到了，金子华说：好，你先歇会儿，菜马上就得。

金子华做的是家常菜，两菜一汤。菜是猪肉炖粉条和素炒酸辣白菜，汤是砂锅海鲜豆腐汤。金子华往客厅的餐桌上端好了菜，像店小二那样喊着：来喽，地道的东北菜，吃饱喝饱不想家。

贺品刚脱了外衣，从小卧室里出来，见餐桌上仍没有放啤酒。要想在家里天天喝啤酒，恐怕得等到明年夏天了。有一瓶啤酒在肚里，贺品刚不会提啤酒之事，金子华提供什么，他就吃什么，喝什么。他问：小雨呢？

金子华说：小雨在幼儿园吃过饭了，不用管她。说了不用管她，金子华还是问了一句：小雨，妈妈烧的豆腐汤，你喝一点儿吗？

小雨在大卧室里答：不喝了。

公鸡找到了食，自己往往舍不得吃，把食叼一下，放下了，再叼一下，又放下了，咕咕地唤母鸡过来吃。在金子华家，事情有些颠倒，不管哪一个菜，金子华的筷子伸过去了，并不夹菜，而是示意贺品刚先夹、先尝。贺品刚尝过了，说好吃，她才吃。金子华用筷子点着酸辣白菜对贺品刚说：你尝尝我炒的酸辣白菜。贺品刚把酸辣白菜尝过了。金子华看着他的嘴问：味道怎么样？贺品刚的评价有些夸张，说：贼好吃！金子华笑了，说其实大白菜还是新鲜的好吃，咱们东北人老吃酸菜，那是没办法，是不会保鲜。

贺品刚吃了一块肥肉，提示似的对金子华说：今天是星期三。

是吗？你不说我都忘了。金子华吃了一根粉条，粉条有些长，还有点儿粗，她没把粉条咬断，是把粉条吸进嘴里去的。

贺品刚说：假装的，你才不会忘记呢！

真的，不蒙你。金子华知道星期三意味着什么，这天晚上是他们做好事儿的时间。除了星期三，还有一个时间是星期六。这两个时间是他们两个经过多轮磋商最后敲定的。贺品刚第一次提出的方案是每天都做好事儿，他的理由是，一个人做一件好事儿并不难，难的是每天都做好事儿。他是知难而进的态度，每天都要做好事儿。

金子华的观点是，一个人一辈子能做多少好事儿，都是命中注定的，你提前把好事儿做完了，以后就没得做。要把好事儿做好，真正做出水平，做出质量，不能日赶日，还是细水长流好一些。贺品刚退了一步，提出隔一天做一次，这下总该可以了吧？金子华还是不愿点头，说一星期做两次好事儿就不算少了。算算看，一星期两次，一个月八到九次，一年呢，就是上百次。哎呀，不算不知道，一算吓一跳，太雷人了，太可怕了！

贺品刚有些挠头，怎么办呢？他和金子华的关系是合作的关系。任何合作都不能对抗，只能妥协。只有不断妥协，合作的关系才能维持。一个星期做两次好事儿，对贺品刚来说有些少，但他还是同意了。上个星期六刚做完，他就盼着星期三赶快来到。星期三终于到了，他对金子华提示一下，并不是担心金子华会把好事儿忘掉，是想让金子华有所预热，到时好好表现。

金子华也是一个喜做好事儿的人，她当然不会忘。她说自己忘了，不过是逗一逗贺品刚，欲擒故纵，使事情变得更有趣味。她说：要不然我给你倒一杯红酒喝吧。

贺品刚说算了，不喝了。贺品刚知道，家里常年备有红酒。金子华睡眠不好，她听人说喝点儿红酒可以促进睡眠，每晚睡觉前都会喝上一杯。红酒挺贵的，还是留给金子华自己喝吧。

吃过晚饭，贺品刚在客厅里有一搭无一搭地看了一会儿电视，就到自己住的卧室等金子华去了。这套房子是两室一厅，金子华和女儿小雨住大卧室，贺品刚住小卧室。小卧室面积小，才八个平方多一点。贺品刚对卧室面积没有过高要求，能放下一张床就可以了。金子华要等小雨睡着了，睡熟了，才能悄悄到小卧室里来，跟贺品刚一块儿做好事儿。在小雨睡熟之前，金子华是不会找贺品刚的。而贺品刚也不能到大卧室去，跟金子华母女睡在一张大床上。因为贺品刚和金子华并不是夫妻，是搭伙过日子的。贺品刚也不像以前人们说的，在帮助金子华的丈夫拉帮套。金子华已经和丈夫离婚，金子华是自由之身。贺品刚和金子华凑在一起，是互通有无，互相帮衬。也就是说，贺品刚并不是小雨的爸爸，金子华让小雨把贺品刚叫叔叔。小雨四岁多了，已经开始懂事儿，好事儿坏事儿似乎都懂一点儿。金子华不能让女儿看见叔叔和她们睡在一张床上，更不能让女儿看见叔叔和妈妈做好事儿。对于这一点，贺品刚能够理解。夜还长着呢，他有耐心等。他把有些膨胀的老二握了握，对老二说：不要着急，好饭不怕晚，到时候有你吃的。

贺品刚在一家私营公司上班，上了一天班下来，他脑疲心疲，只想睡觉，连话都不愿多说。随着秋夜往深里走，窗外已完全静下来，静得几乎能听见杨树叶子落地的声音。据说这个在五环路以北的居民小区曾经是郊区农民的庄稼地，农民在地里种小麦、玉米、谷子，也种向日葵和大白菜。城市扩大以后，这里很快盖起几十栋高楼，就成了以青春城命名的居民小区。这里只种人、种草，不再种庄稼了。种庄稼的农民也不知到哪里去了。贺品刚的老家在东北农村，他对庄稼地是熟悉的。他曾躺在庄稼地的地头看过云彩，也看过飞鸟。云彩和飞鸟都悠悠的。他一迷糊，差点儿睡着了。看看表，十点半都过了，金子华还没过来。他悄悄起身，到大卧室的门外侧耳听了听，听见金子华还在给小雨讲故事。这是小雨的习惯，只有在妈妈讲的故事中，她才能入睡。贺品刚不由得摇了摇头，又悄悄退走了。小雨倒是有故事可听，他和金子华的故事不知何时才能开始。贺品刚不能明白，一个男人干吗非要找女人呢？干吗非要和女人合作才算过日子呢？才能形成故事呢？这到底是谁安排的呢？

等金子华来到贺品刚的卧室，贺品刚已进入梦区，在梦区里正和第三位女友因找不到做爱的地方着急。不过金子华摸黑一走到床边，贺品刚就醒了。金子华不是第三位女友，是他的第四位女友。清醒过来的贺品刚不说话，也不动，做的还是睡着的样子。半夜十二点恐怕都过了，金子华过来得太晚了。

人说一鼓作气，贺品刚用自己的“鼓槌子”在自己肚皮上不知打过几遍鼓了，气泄得也差不多了。

金子华轻声唤他:品刚,品刚,你是不是睡着了?

贺品刚嗯了一下，表示他是睡着了。

金子华说：你要是睡着了，那今天就算了，你接着睡吧。

算了，那可不行！贺品刚干等长等，天要打雷，狗要钻洞，算了，算怎么回事！他说：赶快上来吧你，看我不操死你！

金子华嘻嘻笑了，说：我还以为你真的睡着了呢，原来你是在养精蓄锐装死驴啊！

金子华上得床来，贺品刚却一点儿都不主动，把主动权都拱手交给金子华。金子华比他大三岁，又生过孩子，而他还没有正儿八经的结过婚，名义上还是一个青头厮。无论从哪方面讲，金子华的性事经验都比他丰富，床上功夫都比他深。所以他愿意在金子华面前装一点儿无知，撒一点儿娇。

金子华懂得贺品刚的心思，她上来就骑在贺品刚身上，把贺品刚当马骑。骑上“马”，她没喊儿驾，喊的是：老公，老公，我的好老公！

贺品刚本来想绷一会儿，让金子华好好地出出力再说，但金子华骑得太快，他有些绷不住，只得做出回应：老婆，老婆，我金子一样的好老婆，你要幸福死我啊！

既然两个人在一块儿如此幸福，他们结为夫妻不行吗？不行，贺品刚认为不行，金子华也认为不行。贺品刚在北京是大学本科毕业，金子华只是一个初中毕业生；贺品刚有工作，有收入，金子华无工作，无收入。贺品刚找对象，起码得找一个没结过婚的姑娘。像金子华这样的，比他大三岁不说，还结过婚，带着孩子。倘是娶金子华做老婆，不光对不起自己，跟父母也说不过去。贺品刚心里清楚，他和金子华搭伙过日子，不过是权宜之计，不是长久之计。他所利用的是金子华的资源。金子华有房子，住在金子华这里，他不必到处租房子住。金子华会做饭，而且做的饭很对他的口味，他不必再到街上买着吃。更重要的是，金子华作为一个三十多岁的少妇，要眉有眉，要眼有眼，要肉有肉，要水有水，正好可以满足他的欲望。认识金子华之前，他每月都要去“保健”几次，哪怕是最低档的“保健”，一次也要花去二百块钱。当然了，他住在金子华这里不是白住，也要花钱。他每月按时付给金子华三千块钱，就什么都有了。他还在寻找合适的对象，等把能与他合作一辈子的对象找到了，他马上就会离开金子华。

金子华利用的也是贺品刚的资源。资源主要由两个方面组成，一个是贺品刚的钱，还有一个是贺品刚充沛的精力。金子华和丈夫离婚后，丈夫每月只给她一千块钱，说是小雨的抚养费。拿这点钱维持她们母女的生活远远不够。拿到贺品刚的三千块钱呢，日子就可以过得下去。另一个资源就不必说了，贺品刚还是一个小伙子，小伙子的精力正在盛头上，那是相当厉害。她正好可以采贺品刚的阳，补一补自己的阴。金子华之所以不打算和贺品刚结为夫妻，除了觉出贺品刚并不是真心爱她，和她在一块儿不过是逢场作戏外，还有一个原因，虽然她和丈夫分手了，但丈夫没有另娶，还和她保持着联系。丈夫常给她打电话，高兴了，就开着车跑到家里来，把激情重温一下。丈夫反对她再和别的男人结婚，如果她另嫁他人，他就不再给小雨抚养费了。丈夫是北京人，干的是公职，丈夫之所以愿意娶她这个外地人为妻，看重的是她的姿色。丈夫还有一个想法，是希望她能为他们家生一个男孩儿。她没生出男孩儿，丈夫有些灰心，便在外边胡搞八搞，把钱都花到野鸡身上去了。金子华忍无可忍，便提出和丈夫离婚。她本来想吓一吓丈夫，让丈夫回心转意。不料丈夫来个顺水推舟，果然把婚给离了。丈夫把房子给她留下，只把车开走了就完了。丈夫偶尔回来给她下种时，在她耳边吹的还有风。丈夫说，因他有公职在身，按国家规定不能生二胎。现在他们离婚了，如果金子华再生，他就可以不负责任。要是金子华为他生一个男孩呢，他就考虑和金子华复婚。丈夫的父母名下有两套房产，以后这些房产都是他们的。房产当然是好东西，北京的房价蹿着蹦着往上涨，谁手里有几套房子，便有了一切。没有房子呢，只能寄人房下，连老婆都找不到。贺品刚就是因为买不起房子，谈一个对象，又谈一个对象，其结果都是功败垂成。

贺品刚的父亲事前没跟贺品刚打招呼，突然就到北京来了，并找到了贺品刚所在的公司办公室。贺品刚有些慌乱，也有些不悦，问父亲：你为啥不先打个电话来呢？现在打电话这么方便。

父亲嘿嘿笑着，没有解释来之前为啥没给贺品刚打电话。父亲为贺品刚带来的有木耳、蘑菇，还有一布袋子土豆。

贺品刚说：北京什么都有，你带这些东西干什么？

父亲说：木耳、蘑菇都是他到山上采的，野生的。土豆是他自己种的，一点儿化肥都没上，吃起来面得很。父亲说，你小时候最爱吃我种的土豆了。

什么小时候不小时候，小时候早就过去了，现在都快变成老时候了。既然父亲来了，他让父亲马上回去不大现实，他安排父亲坐下，给父亲倒了一杯热茶，让父亲慢慢喝，自己躲到外面给金子华打电话，说他父亲来了。

金子华一听马上表态：谁的父亲谁接待，你千万不要把你父亲带到我这里来，来了我没法儿处理。

贺品刚说他父亲很可笑，带来了木耳、蘑菇，还带来了一袋子土豆。

金子华没有随着贺品刚笑话贺品刚的父亲，她说：别别别，我现在正在减肥，土豆含淀粉太多，我一个土豆都不吃。

贺品刚听出金子华的口气有些急，好像他的父亲不是一个人，而是一个瘟神。他说：你急什么，我也没说带老人到你那里去，我只是跟你说一声，我今天晚上不回去了。

金子华的口气这才缓和一些，说知道了。说罢就把手机关了。

晚上，贺品刚带父亲住旅馆去了。他找了一家比较便宜的旅馆，一个双人间住一晚260块钱。父亲嫌住旅馆太贵，眼一闭什么都不知道，没必要为打瞌睡花钱。父亲要贺品刚带他到贺品刚每天住的地方去住。贺品刚每天住的地方是金子华的家，他不可能把父亲带到金子华家里去。他要是把父亲带到金子华家里去，他成年成月跟父亲说的谎话一下子都露馅了。金子华不是他所处的对象，充其量是一个临时合作的性伴侣，说得不好听一点，金子华不过是他的一个姘头。他千方百计，还是要把自己的谎话维持下去。他对父亲说，他住的地方是居民区的一个出租屋，出租屋里住了好几个人，太乱了，住着不方便。父亲说，那有什么不方便的，他到哪里都能凑合，要是没床铺的话，打一个地铺也可以。贺品刚说：那不行，绝对不行，您大老远地来看我，我哪能让您遭那个罪呢！好了，卫生间里有热水，您好好洗个澡，我一会儿带您去吃涮羊肉。

父亲说：不吃肉了，随便吃点什么就行了。

贺品刚说：干吗不吃？到了北京，您就听我的没错儿。

在火锅店里吃涮肉，肉是大头儿，酒水是饶头儿，啤酒和二锅头不收费，可以敞开喝。贺品刚喝啤酒，父亲喝二锅头，父子两个都喝了不少酒。酒至高处，父亲提出，他这次来北京，主要目的是要见一见贺品刚的对象，也就是他未来的儿媳妇。他听儿子说过，儿子的对象姓金，他把儿子的对象叫小金。

贺品刚说：小金上班很忙，我要看她有没有时间。

父亲一听就急眼了，把筷子往桌子上一放，指着贺品刚说：小子你听我说，老子这次来，不是来看你的，是来看儿媳妇的。你让我看，我要看；你不让我看，我也要看。你妈成天盼着你娶媳妇，成天盼着抱孙子，她不但没抱成孙子，连儿媳妇都没见着。你妈临死时，连眼都没闭上，你知道不知道？你难道想让我也瞪着眼珠子死吗？父亲说着，眼珠子上蒙上了泪水。

贺品刚高个子，明鼻子，大眼睛，称得上是一位帅哥。贺品刚天生的自然条件还是挺能吸引女孩子的，他先后谈过三个对象，第三个对象甚至与他同居了一年多时间，还为他做过一次流产，但最后都没答应跟他结婚。说起原因，不是三言两语所能说清。主要原因，用两个字概括，那就是没有。他没有房子，没有汽车，没有攒下钱，没有权力，没有可啃的父母。大学毕业后，他在北京工作单位换了好几个，住的地方换得更多，像一片树叶一样，就那么在北京的水面上漂着。他能够理解父母的心情，父母希望他尽快娶妻生子，把贺家的香火延续下去。贺品刚何尝不想找一个能合作一辈子的老婆呢，何尝不想当爸爸呢，可除了长得帅，他还有什么呢？他今年已经三十岁了，到了该立起来的年龄了。然而他没有立的资本，也没有立的能耐，只能仍然像只爬虫一样趴在地上。他看出来，父亲喝得差不多了。父亲若再喝下去，说不定会哭出来。父亲历来有这个毛病，酒水子一用多，就会变成泪水子从眼里流出来。他说：爸，少喝点儿酒，多吃点儿菜。

父亲说：我干吗不喝，我就要喝，喝死拉倒！说着又干了一杯。

贺品刚说：至于吗？你不就是想见见小金嘛，不就是我一句话的事嘛！我让她来见您，她要是不来，我立马儿蹬了她。咱先说好，女孩子碍口，还不能叫你爸，只能把你叫叔，这点儿您别在意。等我俩正式结了婚，她叫爸多了您不要烦。

父亲说：我不烦，我喜欢还喜欢不过来呢！我给小金准备了见面礼。

贺品刚躲进卫生间给金子华打电话，说，亲爱的，我和我老爸在火锅店喝酒。老爷子喝高了，提出想见见你。

金子华说：你爸算老几，我凭什么见他！

我蒙老爷子，说你是我处的对象。劳驾你配合我一下，咱们一块儿哄老爷子高兴高兴。

要哄你自己哄，我没那个义务。充其量，我只是你的一个房东，你只是我的一个租户，你明白吧？

华姐，看在咱俩的情分上，你给老弟一个面子嘛！

面子是什么？面子怎么给？面子多少钱一斤？

哎，对了，老爷子说，他还给你准备了见面礼呢！

见面礼，什么见面礼？

又装又装，我最讨厌你给我装丫了。

给多少？

见面礼不能给单数，我估计至少应该给两千块吧。

这个这个，你估计算个屁，把数目弄清楚再说。

两千块我敢给你打保票，少了我给你补，多了你分我一半。

你这叫雁过拔毛。

对了，我就是喜欢你的毛。

又骚又骚，少灌点儿马尿。

贺品刚从卫生间出来对父亲说：我跟小金说了，她明天到旅馆里看您。

金子华面见贺品刚的父亲时，把自己收拾得很光鲜，她上身穿了一件紫红的半大皮衣，脚上穿了深筒皮靴，头上烫了大花，唇上涂了口红，像是一个拜花堂的新娘子。贺品刚把金子华介绍给父亲：爸，这就是我的女朋友小金，小金比我小三岁。

金子华上前问了一声贺叔叔好，声调怯怯的，相当甜美。

贺品刚的父亲高兴坏了，连说好，好！

金子华说：人家说，女大三，抱金砖。我和品刚是男大三，也不知道能抱什么。

贺父说：男大三很好，我看也能抱金砖吧。

谢谢叔叔的吉言！

贺父说：孩子你等等。自己转到卫生间里去了。

贺品刚小声对金子华说：见面礼肯定缝在裤裆里了。

金子华撇了一下嘴。

贺父从卫生间里出来了，手里果然拿了一个红包，他说：我这次来，也没给你带什么东西，这两千块钱，算是我给你的见面礼。

金子华没有伸手接，她说：叔叔免了吧，怪不好意思的。

让贺品刚猜准了，父亲给金子华的见面礼果然是两千块。两千块对父亲来说是大钱，不知父亲攒多长时间才攒了这么多钱呢！他对金子华说：这是爸的一点儿心意，你还客气什么，赶快接着吧。

金子华这才把红包接下了，说谢谢叔叔！她瞥了贺品刚一眼，心说：你想拔毛没戏了。

贺父给了小金见面礼，像是取得了话语权，他咳咳喉咙，以父辈的口吻说：我看你们两个岁数都不小了，该办事儿就早点儿把事儿办了吧，老拖着也不是个事儿。

金子华说：叔叔，我们也想办事儿，可是呢，品刚没房子，我也没房子，办了事儿，我们把床放哪儿呢？把锅放哪儿呢？

贺父说：咱们家好歹还有几间房子，一个院子，你们看看这样行不行，你们回家去办事儿，我给你们张罗。你们办完了事儿，再回来工作。那样的话，你们踏实些，我跟亲戚朋友、乡里乡亲们也好有个交代。

金子华说：那样恐怕不行，事儿是办给别人看的，日子还得我们自己过。办事儿不是目的，生孩子才是目的。老鼠生孩子还得有一个自己的窝呢，何况人呢！

贺父叹了一口气，说：看来不管哪一辈的人都有难处，走到哪一步都是难。我原来想着，你们年轻人总算赶上了好时候，吃不愁，穿不愁，能上大学，还可以在大城市工作。谁知道呢，你们的难处也不小。

这时金子华的手机响了，她的手机彩铃是一首歌，唱的是在月亮之上，有一个梦想。听到歌声的召唤，她看了一眼显示屏，转身到门外接听去了。

贺品刚对父亲说：爸，我跟您说过，您注意好自己的身体，安度晚年就行了。

父亲说：人活孩子，我安不安，还不是看你们。你们安了，我才安；你们不安，我也不会安。

贺品刚的父亲心疼钱，只在旅馆里住了两天，就回家去了。临走时，他让贺品刚过年时带小金回老家过年。

贺品刚有些不耐烦，他说，过年没那么重要，到时候再说吧。

父亲一走，贺品刚接着到金子华家里去吃，去住，去做好事儿。这天是星期五，还不到星期六，贺品刚提出加一个班。

金子华认为班不能随便加，加了班，谁给加班费呢？

贺品刚说：我给。

真的？

我给你加满油，不就等于加班费嘛！

我自己有油，不需要你加油。你加的不是油，都是醋。

贺品刚笑了，他说金子华很会说话，变得越来越可爱。他凑在金子华的耳边小声说：亲爱的，如果不加班的话，我怎么能表达对你的爱呢！你问我爱你有多深，加班代表我的心。

金子华明白，就是因为她得到了贺老爷子给她的两千块钱，贺品刚心里不平衡，才提出了额外的要求。她说：贺品刚，我发现你现在越来越会算计了，看见一只蚂蚁，都想剥下四两肉来。我问你，在你们家老爷子面前，我跟你配合得怎么样？

贺品刚承认金子华配合得很好，称得上天衣无缝。而就是因为金子华和他配合得好，他才要好好感谢金子华一下。

金子华还是答应了贺品刚的要求。她说下不为例。

这年北京下雪早，刚入冬就下了一场雪。别看雪不声不响的，下得还不小。人们早上醒来，看见汽车顶上、自行车座子上、小花园的绿篱上、垃圾桶的盖子上等，都积了厚厚一层雪。人们喜欢雪，因为雪有积累性、塑造性，雪可以在短时间内改变世界，使世界一下子变得洁白起来。老家在东北的贺品刚和金子华都喜欢雪，他们带着小雨到花园里堆雪人去了。堆好了雪人，他们又在雪人头上放一只雪球，然后退到一定距离，用手中的雪球，轮流往雪人头顶的雪球击打，谁把雪球击落，谁就是赢家，可以赢得大家的欢呼。也许在别人看来，这是一个其乐融融的三口之家，是爸爸妈妈在带着他们的女儿做游戏。有那么一刻，贺品刚也产生了错觉，以为金子华是自己的老婆，小雨是自己的女儿，他在北京的生活是幸福的。

下第二场雪时，金子华通知贺品刚，贺品刚不能在她家里继续住了，因为她母亲要从老家到北京来，而且要在北京过春节。

贺品刚无话可说，他只能抓紧时间，寻找新的可以租住的地方。

老爸的家庭会议 |女　真|

女真，本名张颖，女，毕业于北京大学中文系，中国作协会员，编审，一级作家。曾获中国图书奖、《小说选刊》年度优秀作品奖、辽宁文学奖、辽宁优秀青年作家奖等多种奖项。写作小说、散文、评论等多种文体，作品入选多种选刊、选本。

上午十点多，永久往我办公室打电话，敦促我晚上下班早点回去，他要开会。

我请示他：用我再通知左、良不？

永久的声音在电话里嗡嗡嗡，震我耳朵，简直就是在喊：我已经告诉他们！

永久是我爸。我们家兄妹三人，他最宠我，打小允许我可以不叫爸，随时直接称他大名。

他提醒我们回去开会的那一天，是我妈一周年忌日。

其实他不打电话我下了班也得回去。这周是我值班。我妈去世后，我爸先是在我俩哥和我家各住一个月。一轮过后，他提出回去自己住。怎么留、怎么劝，没用。我们不放心他，分工每人回家住一周，遇到出差、开会、有饭局、比较忙的时候，可以提前打招呼互相串换。总之是得保证家里晚上有人陪他。

我知道他不打电话我俩哥也会回去。毕竟是让我们悲伤的日子。刚刚一年，我们谁也还没忘。墓地买好了，头些日子我和左、良电话里商量，等天再暖和些就下葬。石碑刻好,就差我们选具体日子了。

我爸郑重打电话，可能是他做家长的习惯，显示一下权威，证明他是我妈妈的丈夫，在这件事情上他有发言权。从我爸的作派，我发现老年人有一个特点：做事情比较一根筋。整天在家待着，没有太多别的事情吸引眼球吧。

作为我爸永久唯一的女儿，本周值班人，我下午就跟单位请了假，去超市买了一堆吃的，馒头、豆包、香肠、烤鸡、洗好切好装在保鲜盒里的青菜，以成品、半成品为主。一大家子人，得有人下厨房。我爸八十一了，不能指望他。我的厨艺水平，我很谦虚地认为真的很一般。主要是我对下厨房做饭这种事情向来不感兴趣。尤其包饺子，买肉、择菜、和馅、和面、擀皮、包、上锅蒸煮，没有两个小时下不来，吃的时候却不到十分钟就完活，大把时间用在这上面，太荒谬了。

晚上六点钟，左、良，还有他们尊贵的夫人，我的大嫂、二嫂，准时出现。他们分别拎了香蕉、草莓、西瓜、苹果。都是我爸爱吃的水果。他们时间掐算得很好，前后不差五分钟，最后进门的我二嫂换好拖鞋时，厨房里的牛肉汤刚被我撒上香菜末。我妈走了，我们还活着，饭还得吃，现在大家越来越难得聚在一起。我爸这人，嘴臭，跟他俩儿子经常话不投机，人家不爱听，除非值班，平时来得就少了。

我的两个侄儿，一个在大洋彼岸，成了美国人；一个在北京读博士，自从我妈葬礼，我再没看到他真人。也就是说，我们家经常能够视频以外见面的人口中，我是最年轻的一位，我不下厨房谁下厨房？大嫂、二嫂？不说她们也罢。

牛肉汤摆好，大家团团围坐，我爸永久下巴一扬，看左、良，言简意赅：整点不？

我爸有好酒。茅台、五粮液，多数是他以前部下送的，也有我俩哥孝敬的，他隔一段时间翻出来把玩欣赏。我俩哥都有酒量，但他们在我爸面前比较拘束，比较珍惜我爸的藏品，一般不替我爸消费。大家闷头吃饭。当兵出身的我爸永久向来吃饭快，不到十分钟，嘁里喀嚓就把一碗饭吃完了。他吃罢饭，把筷子往桌上一撂，大声讲：今天找你们回来，想跟你们说两件事儿。你们妈妈不是一周年了嘛，你们该给她下葬，入土为安，这是一；第二呢，我想跟你们说，我准备再找个老伴。

我俩哥俩嫂，四口人，互相看，然后一起看我，谁也不吱声。我脸通红，明白他们的意思——他们一定以为我事先知道，不告诉他们，给他们突然袭击！

天地良心，我真不知道。一年来，我好几次跟我爸嘟囔，咱雇个保姆吧，白天我们上班时，家里也好有人陪着你，要不然我们白天上班都不踏实，不安心。每次我爸都说：我不习惯家里有外人。我身体很好，用不着保姆侍候。

我爸确实身体好。八十多的人了，除了耳朵有点问题，背不驼、腰不弯，走路噌噌噌，我跟他一起散步，不比他走得更快。他多少次说自己当年从东北走到过海南岛。我爸是四野的兵。但这不是他再找老伴的理由啊。什么年纪，八十多了啊！

我大嫂、二嫂，低头，作夹菜状，斯文，细嚼慢咽，不出声。我理解她们，这种事情，儿媳妇没法张口。

左、良，我大哥和二哥，他们俩互相看，眼神交流了能有十分钟吧，一句话没有。最后还是左不得不表态。左讲话很有厅局级水平，总结式的，一锤子定音，轻轻巧巧把活派出去了：爸说想找老伴，我们做儿女的不应该反对。孝敬老人是我们应该做的。那什么，爸，您是有人选呢，还是需要我们帮忙找？那行，那这个任务，就交给美吧，你们妇联不是有鹊桥公司吗？你方便，你联系吧啊？爸有什么要求，一定要尽量满足，好不好？

我的两个哥哥，狼心狗肺地把给我爸找老伴的任务推到我身上。如果不是我爸，如果我两个嫂子不在跟前，我真想骂他们一顿。凭什么把这种尴尬的事情推我身上啊？我妈走了刚一年，我爸就想找新女人，作为女儿，我什么心情啊！你们也太狠了吧！

可是我骂不出来。我不能光怨左、良狠。是我爸先狠的。八十多了，还想找老伴，他怎么想的？

哪个女人愿意找这么大岁数老头子？以为自己得过诺贝尔奖咋的呀？

那天晚上，我下了饭桌直接回房间，拒绝收拾他们祸祸过的七碟八碗。大嫂、二嫂自觉地把碗筷收进厨房，以洗碗的名义不再进客厅，不知道她们在背后怎么议论这件事。估计晚上回家她们会跟我俩哥表态吧。我爸这事，让左、良在老婆面前也抬不起头来吧。

左、良比我狡猾，他们当我爸的面不表示反对。他们把责任往我身上一推六二五——找不到合适的人选，一定是我这个当女儿的不尽力呗。

那天晚上我在自己房间里，哭了好几起。我上大学以后，我妈从我爸房间搬出来了，住进我的闺房，她说总算晚上可以不听你爸坦克大炮机关枪了。我爸呼噜有水平，这个我们都知道，隔着门能听见。我妈在的时候，我回家里住，我妈有时候回我爸房间，有时候跟我在一张床上亲热。

现在，她走了，永久要找后老伴，他要跟一个陌生的、年轻的女人一起开始新生活了，以后这个家我回来还有多少意思？

我心里一百个一千个一万个不愿意，但既然左、良都不明确表示反对，我也不。好像他们都高风亮节，就我一个人惦记老人财产似的。我也研究生毕业，是个有“身份证”的人。

早餐桌上，我一边剥鸡蛋一边套永久话：爸，您打算找多大岁数的啊？还有什么具体的条件没有？

年轻的、漂亮的。

越年轻越好啊？比我岁数小也行啊？

行。

我爸不犹豫，表情自然，一点没在未婚女儿面前不好意思。他的表现让我彻底明白为什么我到现在找不到合适的结婚对象。就像某个手机段子里说的那样，十几岁的小男孩喜欢二十岁的女人，二十岁、三十岁、四十岁、五十岁的男人仍旧喜欢二十岁的女人。六十岁、七十岁、八十岁的男人，也仍旧喜欢二十岁的女人。可一个女人，一生只有短暂的一个二十岁，所以，只要你在二十岁顶多再老几年的时候错过了肯跟你结婚的男人，这辈子再想嫁人，难度系数就大了。好比我。二十岁的时候，我还在学校读书呢，听我妈的话，没早恋。二十几岁，我还有可能挑挑拣拣。三十岁以后，给我介绍的男人，不是死了老婆的，就是五十岁以上的。所以，我干脆死了这条心。除非奇迹出现，碰到能把我当灰姑娘的王子。我不嫁了还不行吗？又不是养活不了自己。

我把剥好的鸡蛋捏碎了扔我爸小米粥碗里。

那您等着吧。

我在心里咬牙切齿：我才不给你找呢。

但说良心话，也不能说我没给他找。我利用工作之便，把鹊桥公司的档案调出来认真研究了一遍。我就没找到六十岁以上的女人的资料。别说六十岁，连五十岁的也没几个。我是说女人。男人有。像我爸这么大岁数的也有，虽然不多。所以，我只能说，永久现在的毛病，可能是天下男人的通病，他不是一个人在战斗。

老骥伏枥，志在千里啊。贼心不死！

一个月以后，左给我打电话:美，咱爸说的那事，你落实得咋样?

我态度生硬：我落实不了。你们谁能落实谁落实吧。

我哥左，反右那年生的。他是我们兄妹中官做得最大的，厅局级了。听他话里话外，再往上努力，可能也有难度了。不过我哥说话办事确实有水平。他指点我：那你就跟咱爸讲，老伴一时找不到，先找个条件差不多的保姆照顾他吧。记住找那种只干白班，晚上用不着留宿的，爸不是有咱们陪着吗。家里多个外人也确实不方便。

我把左的意思转达给我爸。我说得比我大哥狠。

我故意气他：爸，我问了几个，人家都嫌你岁数大。

我爸不吱声，脸阴着。过了好几天，蔫头耷脑跟我说：那就先找个保姆吧。

知道我爸不开心，但我没办法。

从第一个保姆进家门，我家可以用四个字来形容：家无宁日。

第一个保姆六十多了，长得丑。我爸嫌人家干活不干净，一个星期，愣逼着我打发她走了。

第二个保姆，五十多岁，长得一般，干活利索。我爸说她做的饭不好吃。此保姆在我家坚持了十一天。

第三个保姆，四十挂零。我看她干活还不如我，但这女人长得耐看，眼神灵活，眼睛里有水。如果不是看我爸可怜，我才不会往家里招这种女人呢，我在报纸上看过不少小保姆粘上男户主的新闻，年纪一大把的老男人把房子钱财什么的一股脑儿都给出去的小保姆，估计就是这种类型。我光想着怎么预防我爸头脑发热把房子送人，没想到人家会主动辞工，才做了三天。临走时把我拉到厨房，坦率告诉我：你家老爷子手脚不老实，以后再找人，建议你们找个男保姆来。

身为妇联干部，我为永久感到害臊，为自己对漂亮保姆的偏见感到内疚，为眼前的女人没到有关部门控告我爸性骚扰感到庆幸。

我的脸一定很红，像发烧四十度一样烫。人家却像唠家常一样，脸不红不白。难道是见怪不怪？

当保姆也有各种不易啊。

永久还好意思问保姆为什么不来了。看来这个女人入他法眼了，可惜人家没看上他。

第四个保姆，我听人劝吃饱饭，直接找了个男的回来。是在医大病房找的男护工，我事先告诉他，病人生活能够自理，家务活多少自便，能陪老人说话即可，工钱我不少给。我爸一天没让人家待下去，直接把人打发走了。晚上睡觉前倔哼哼扔我一句：

美，爸生活能够自理，以后你不用给爸找保姆了。

我不敢看他的眼睛。

那天晚上我翻来覆去。我反复寻思，觉得自己做得确实过分了。我睡不着觉，不顾已经晚上十一点多的事实，给良打电话。良是挨饿那年生的，我爸本来给他起名叫“粮”。我妈说太直了，不好看，把米字边去掉吧。良比我大三岁，我跟他交流比跟大哥更容易些。我大哥当官当坏了，说话总是埋在水下七分不止，露出头来最多三分，听他说话你得使劲琢磨，累。良是中学物理老师，说话相对简单。给中学生讲课，要的是尽量把话讲明白，掖着藏着不行吧？但他这人主意不大，容易受别人影响，跟左在一起时讲话比较谨慎，跟我在一起更直接一些。他已经睡着了，让我搅醒的：臭美，你连觉都不让我睡？明天再说不行？我明天上午有全区公开课，你非得让我讲砸不可呀？

不行。我睡不着你凭什么睡？

那你说吧。

咱爸生气了。咋办吧?

我不知道。你是妇联的，你应该知道。

妇联的凭什么就该知道?妇联管女人不管男人。我真是有点可怜咱爸，他这么大岁数了，还能活几年?他想干啥让他干啥吧。

那你就认真给他找找。真给他找个老伴吧。

真找回来老伴你叫妈?

叫什么看情况再说。你让我先睡觉行不?

行，天下太平，你们都呼呼睡大觉吧。

放下电话，我自己抹眼泪。我怨我妈走得太早。我妈比我爸小三岁，为什么比我爸走得更早?男人和女人不一样。要是我爸先走，我妈肯定跟我过得很好，我有空就给她做好吃的，陪她逛街，给她买好看的衣裳，逗她嘿嘿乐。我会赶紧把车本考下来，买辆QQ，带她到处旅游，她想去哪儿去哪儿。我妈才不会找什么后老伴呢，她有儿子、有女儿、有孙子，会很满足。只有男人才去找什么后老伴。

可我改变不了永久是男人的事实，我奶奶生下他时他就性别男，所以，虽然他已经八十多，他想再找个后老伴，想跟我妈以外的另外一个女人开始新生活，那就找吧，开始吧。

永久我爸的后老伴，不是我找回来的。

永久宣布要找老伴三个月以后，他再次分别给我们三个打电话，让我们回家开会。

是我二哥良值班的最后一天。我出差开会培训，已经快半个月没看到我爸了。

我请假，买了一大堆半成品。不忍心二哥上了一天课还下厨房，虽然他做饭比我好吃。我发现了，只要我二哥值班，二嫂总能找到借口出差，或者开会很晚。我不高兴，但也能理解。儿媳妇就是儿媳妇，跟女儿不一样。

我回了家，没想到家里已经有人做饭。

厨房里站着一个老太太。穿家居服，系围裙，头上戴着白帽子，很有家庭主妇的范儿。青菜已经择好了，洗、切，刀法不错，我在旁边看也不慌，经常下厨房的样子啊。大方地问我：你是小美吧？我姓曾，你可以叫我曾姨。

曾姨好。

我含糊地称呼了一句，把买回来的一大堆吃食放下，礼貌性地待了不到一分钟，迅速逃离。

我爸坐客厅沙发上假装看报纸。我也坐沙发上，看他怎么说，他欠我一个解释。他通知我回来开会时，可以先给我打个预防针。明明看见我进屋直奔厨房，他也可以在我进厨房之前告诉我怎么回事。还说我是他小棉袄呢，一点都不心疼我，让我自己进厨房直接面对一个陌生的老太太。毫无疑问，这就是他给自己找回来的新女人了。我坐在沙发上，看他怎么张嘴。永久不抬头，不理我。那好，我理你。我小声问他：永久，老爸，您不是说要找一个年轻漂亮的吗？

我没想到我会这么恶毒。当他跟我说他想找一个年轻漂亮的老伴时，我心里曾经鄙夷他作为一个男人的丑陋。这么老了还贼心不死！可是当他真把一个老太太找回家，我忽然发现，如果非得找个女人，我还是愿意他找一个相对年轻些的，哪怕我们做儿女的看着别扭、不顺眼，至少照顾他应该更方便吧？不像现在厨房里的这个女人，我没看出来她比我妈年轻多少。这个年纪的老太太，还能照顾他吗？

我坐在我爸旁边，努力克制自己的感情，不让自己说话太过分。

我爸放下报纸，摘掉老花镜，告诉我：她是我以前单位同事。她老伴没了。

很好。我在心里说。怪不得我妈那些年总跟他拌嘴，原来我妈嫉妒是有影儿的，果然他在单位里有个相好的。那叫什么？办公室恋情？老太太看着不年轻，实际上比我爸小了正好一轮，也属兔的。

比我妈小了九岁。人老了都是老头、老太太，看上去差别不大，但是年轻的时候，如果差了十二岁，那是挺悬殊的了。他们当年，到什么程度了？我妈有察觉吗？

我以换衣服的名义回房间，把门关严，不想出去。原来我爸让我们找老伴只是虚晃一枪，声东击西地干活，人家心里早有了目标。人家不用劳驾我们就把老伴找回家了。人家不需要我们同意，只是礼貌地打个招呼，让我们有一点心理准备而已。我们还以为自己多重要呢，以为不给人家找人家就坐以待毙了呢，我们还是年轻啊，太天真了啊。连我大哥也上了永久我爸的当，哼！我爸当年没做上将军、元帅，真是屈才了！

我这样想着，就决定不再进厨房。既然我爸已经找到了他认为合适的人。跟那个女人在一个抽油烟机下炒菜做饭，我还没有心理准备。

我给左、良发短信：有惊喜，不要太激动。

左一如既往深沉地不给我回短信。良回的短信跑题了：对不起臭美，堵车。

我就知道是这样。反正我负责任地先给他们打了预防针，别到时候埋怨我知情不报。

我大哥、大嫂、二哥六点准时进了家门。我大嫂居然还抱了一束鲜花回来。百合、康乃馨、玫瑰。真是太阳从西边出来了。我大哥、大嫂根本不是那种浪漫的、讲情调的人，连去墓地给我妈下葬，他们都没买过一束花，这会儿他们怎么啦？

他们很自然地进厨房跟那个姓曾的老太太打招呼，很自然地看她跟我爸挨着坐在一起，像一家人吃团圆饭，像他们认识一千年一万年了。左、良居然还端起了酒杯。他们开了一瓶茅台，五十三度的。我只吃了半碗饭就放下筷子回了自己房间。我吃不下去。我不生永久的气，我气我的两个哥哥。他们一定先知道了！他们为什么不事先告诉我？世界上有这样的哥吗？

按以往的规矩，这个晚上我不应该走，接下来的一周，我值班。

但晚饭以后我跟我爸说有事走时，我爸没说别的。良酒气烘烘地说他可以顺道送我。我说不用。我说我跟人约了事情，他去不方便。

事实上我当然谁都没约。我只是生气，想一个人静静待着而已。

后来的一个星期，我没回去看我爸，连电话也没打一个。我知道这样不对，他毕竟是我爸，我妈走了，他找了个老伴也正常。我只是心里一下子接受不了。我只是想让自己心情更平静些，等我可以自然地跟他们说话时再打电话，再回去。

我不回家，不证明我心里不惦记我爸。我想起小时候，我爸对我确实好。我爸在外面开会回来，包里经常有好吃的。肉包子、火烧或者月饼、炉果。这些东西是他开会时的工作餐、夜宵，他舍不得吃，心里惦着我。吃的很少，只够我一个人塞牙缝的，左、良根本没有份。我小时候不懂事，有了好吃的不知道掖着藏着，不隐瞒，还张扬，一边香喷喷往嘴里塞，一边故意气我两个哥哥。他们张牙舞爪作抢夺状，逗得我哏哏乐，几次让吃的呛了气管。长大以后我才明白，他们一次也没真抢过，他们只是逗我开心。

我没回家，但我脑子里都是我爸和姓曾的女人。我爸说他们是在单位吃饭时重新见面的。重阳节，单位请他们去棋盘山风景区活动，中午请他们下馆子。他们中午都喝了点白酒，喝到一半，姓曾的女人当着我爸的面居然哭了。老伴没好几年了，她跟儿子、媳妇一起过。儿子、媳妇总吵架，她看不惯，想搬出去自已住，或者去敬老院，儿子不同意，嫌丢人。我爸说那天他喝酒了，喝了四两多，当着老同志的面，仗着酒劲，告诉她：不行你就嫁给我吧，跟我一起过，我老伴也没了。

一个月之后，她就搬到我家来了。

但是，她没嫁给我爸。

这是我爸后来说的。他们只是同居。姓曾的女人怕她儿子找借口讹我爸，怕她儿子将来跟我爸的儿女争财产。她说她只是想跟我爸搭伴过日子，没想要我爸的财产。她自己有退休金，能养活自己。即使上敬老院，她的钱也够了。

呵呵，这个女人，还挺有想法的。拭目以待吧。

尽管我爸跟我妈之外的一个女人开始了新生活，他毕竟是我爸，我不回去看他，说不过去。我内心也确实惦记他，我不放心。

我第一次回家的时候，他们俩正在厨房包饺子。太阳从西边出来啦——打我记事起，我就没见我爸在厨房做过家务，更没见他包过饺子，尽管他很爱吃饺子。他是个标准的大男子主义者。没想到，八十岁以后，他会跟我妈之外的一个女人在厨房一起包饺子，他把面粉蹭得衣服前襟到处都是还乐呵呵的，饺子皮擀得比包子皮还厚也没人批评他。你耕田来我织布，夫妻恩爱把家还。好吧，只要你们过得好。姓曾的女人满面红光。当她面我管她叫曾姨，我总得叫点什么，叫妈我张不开口，我不知道还有更好的称呼。我爸也满面红光，虽然目光浑浊，但里面有笑。看得出来他们过得真挺好。我心里滋味复杂，一言难尽，打消了给他们找保姆的念头。他们不需要别人侍候，他们能够生活自理。这很好，不错。作为女儿，我一下子觉得自己好像也解脱了，我周末逛街爱逛几点到几点、节假日可以出去当驴友，一个人饱了全家不饿，再不用担心老爸在家里没人陪、孤单寂寞了。

那段时间，作为妇联的干部，我在不同的场合多次讲，我们的社会应该提倡单身老人再婚。儿女替代不了老人的婚姻生活。我的讲话赢得掌声若干。私下里，有闺蜜讽刺我：你自己的婚姻生活呢？

除了闺蜜，别人谁敢这样拿锥子扎我！我的婚姻生活呢？我不知道。有一个我看上的有感觉的男人，比我大五岁，可惜他有老婆。我知道在他老婆离开这个世界之前（我只是客观陈述，没有诅咒那个我没谋过面的女人的意思），我和他是不可能有婚姻的。但是，我爸和曾姨的晚景，是不是让我可以充满希望呢？那就是，总有一天，我可能成为某个死了老婆的男人的老伴？

一个女人的岁月，从三十岁到四十岁，嗖一下就过去了！

春节长假，我在丽江古城。事先在网上订好了房间。我跟永久说丽江是我早就想去的地方，这么多年一直没舍得时间。我爸永久是聪明老头，他当然明白我什么意思：去吧去吧，注意安全！

他现在有老伴了，离开我一样可以把年过好。他们是头一次在一起过年，也许更愿意两个人待着？

年三十晚上，我在丽江的酒吧里喝酒。中国人、外国人，大多数人不认识，但我们一起碰杯，互相祝福过年好。有一个来自哈尔滨的老板模样的男人，最后把我们酒吧那个晚上的酒水全部买单了。俺们东北人真是豪爽啊！我们竟然互相留了手机号，虽然我不知道从此我们是否还会见面，是否还会再打电话，哪怕是发个短信。我跟这个男人的关系是萍水相逢，就像酒吧门前小桥下面哗哗消逝的流水。人不能走进同一条河流，这话听上去怎么有点伤感。我当然很孝顺，喝了酒也记得给我爸打电话拜年。我爸接了电话，我听到电视机里春晚的声音。他耳朵还是那么背，电视的声音放得老大。我还抽空给那个大我五岁的男人发了短信。过年好。没有一点暗示、缠绵，即使他老婆、孩子看到了也不会有任何别的想法。我没告诉他我在丽江，我不想让别人牵挂。他给我回了短信，也是群发的、挑不出任何毛病的那种。

我把自己喝高了。丽江的这个晚上，喝高的不止我一个。我步履蹒跚，但还能自己找回小旅店。第二天醒来，已经是上午十点多。新的一年开始啦。

我又老了一岁！

太阳照常升起，生活当然继续。但是，生活总会有波折，总不会永远那么一帆风顺。

包括我爸和曾姨。

在一起生活一年以后，我发现他们也在变化。

我不高兴这种变化。

有一天我回家看他们。我得承认我现在不经常回去。他们过得挺好，不需要我经常打扰。但如果我连偶尔都不回去，也说不过去。说的是我偶尔回去的某一次，事先没给他们打招呼。我进了门，发现我爸一个人在厨房里。他居然一个人在厨房做饭。电视机开着，曾姨在看电视剧，是一出韩剧——《两个妻子》。我心头冒火，进厨房，质问我爸：你怎么能给她做饭呢？你多大岁数啦？

我爸眼睛圆睁，犟：她不舒服，让她歇会儿。平时都是她做。

他嗓音很大，估计客厅里能听见。我不在乎她听见。事实上我很想让她听见。我的眼泪唰唰的。我妈一辈子下厨房，从来不让他伸手，他也从来不伸手，怎么找了个后老伴，他就甘愿下厨房了?

我爸看我不高兴，把厨房门关上，嗓门依旧很大：男女平等，我做回饭怎么了？再说她也确实不舒服。我只是偶尔做。

我知道男女平等，但他为什么跟我妈不平等?

我吃不下我爸做的饭。我没吃晚饭就离开了家。我给左打电话：你们就看着我爸挨欺负是不？养活儿子就这么有用是不?

左也许是在开会，他静听我讲话，自己不吱声。我其实不想听他讲话。他能说出什么有意思的话来？我气哼哼地吼完，就把电话掐了。半个小时以后，他给我往回打电话，我不接。

晚上左来我家敲门。我哥左很少来我家。我房子小，一室一厅，单位最后一次福利分房给我的，跟他家三百来平方米的大别墅没法比，我估计坐时间长了他会觉得憋得慌。我二哥良房子也不小，一百三十多平方米呢。作为重点高中物理老师，我知道他在外面一对一补课，一节课至少五百块钱。他们挣钱都不少。可惜我妈再也享受不着了。我爸其实也享受不着。

左送我一套兰蔻化妆品，说是大嫂去法国考察特意给我带回来的。他的话我连三分都不信。大嫂抠得要命，谁送她的也未可知，或者这东西大嫂压根儿就不知道。我没必要在这种事情上较真儿。我只是想让他劝劝我爸：老了老了，能不能让自己过得好点儿？八十多岁还给别人做饭，太那个了吧？

我大哥不同意我意见。我大哥说：你不了解男人。为自己真正热爱的女人，男人做什么都愿意。

这话我不爱听。什么意思？敢情我爸这辈子就没爱过我妈吗？他自己纵容大嫂不做家务，也是对我大嫂的无限热爱吗？在中兴大厦、在桃仙机场跟他在一起让我碰上的同一个女士是谁？我眼睛不近视，我可以不跟大嫂讲，我不想破坏他们的婚姻。如果有一天他们夫妻矛盾公开，我不吃惊，但我不想从我这儿开头。大哥，别跟我讲什么热爱。我倒是觉得他对大嫂的宽容实际上是因为他自己心虚。

我大哥说服不了我。

就像我说服不了我爸。

我只能以不面对来面对．眼不见心不烦。需要我时我爸会找我。不需要我时，他和那个女人过得很好，我也没必要去打扰。

当然，我知道我爸永久总会有需要我的一天，他毕竟那么老了，一天比一天老，这是自然规律。我只是没想到，他会为曾姨需要我。

我爸给我打电话，喊：美，你赶紧回来，她倒下了！

那时候我正在单位开会。我离开会议室，到走廊问他：什么叫倒下了？严重不？你先打 120 找救护车，我马上回去！

我在出租车上打电话。良在上课，不接电话。过了一会儿回电话说他中午才能有时间。左在开会讲话，他说让大嫂先去医院，还特意叮嘱我：你让咱爸在家待着，别让他去医院！

我到医院时，救护车也刚到。我爸在车上。我让我爸跟大嫂回家，我爸眼泪在眼圈里转：美，我不放心。

曾姨住院以后，我爸天天来医院看她。曾姨的儿子、儿媳也来。曾姨的儿子、儿媳我在我爸家见过一次。看上去挺帅气的两个年轻人，三十多岁不到四十，当我们面说话挺和气的，不像曾姨说的那样。也许他们在外人面前会装相，也许说他们天天吵架只是曾姨离开他们、跟我爸这个老男人一起享受所谓爱情的借口。像她这个年龄的女人，自己主动找老伴，多少有些不好意思吧？好歹要给自己找个过硬的借口吧？

他们叫大可、心月。我有大可的电话，我在去医院的路上给大可打电话，他接了我电话，可能觉得挺突然，没想到我会找他吧。听说曾姨在去医院的途中，他只说了一句：美姐，拜托你们，我马上到！

我能听出他有哭音。

我不相信他是一个会在曾姨面前经常跟媳妇吵架的儿子。

曾姨住院十五天。人抢救过来了，但是，右半边身子瘫了。大夫说得慢慢恢复。能恢复什么样儿，不好说。

住院期间，我大嫂、我二嫂，象征性每人来了一次。大可、心月，每天都来。当然还有我。我们轮班探望曾姨。同病房的病友，以为我们是一家人。

我知道我大嫂、二嫂是受左、良的指派。能接受指派也不容易了。一个跟老公公在一起生活了一年多的同居老太太病了，哪怕她们是出于礼貌、出于对丈夫的尊重，做到这点也不简单。而我自己，我当然是看在我爸的面子上。我陪他去医院，然后再陪他回家。我受不了万一他倒下了怎么办。曾姨比我爸小了十二岁，平时看上去身体没有毛病，红光满面的，她忽然倒下，让我想到生命的脆弱。永久是我爸，我愿意他高兴，我愿意他多活几年。为了这个，我可以委屈自己，可以多挨点累。人是累不死的。

曾姨出院的头一天晚上，我爸又给我们开会。会议的主题是，曾姨出院后，我们怎么办？

左不说话，良不吱声，我两个嫂子当然也有权保持沉默。大家心照不宣，我明白他们的意思。曾姨住院时，出于人之常情，我们可以去医院看望她、护理她，但这毕竟只是很短的时间。出院以后，日子漫长着呢，甚至可以说我们将面对曾姨未来所有的日子。那是一个可能短暂、也可能漫长的深渊一般的日子。人到老年，日子都不好过。我爸八十多岁的人了，脑袋一热，照顾她几天可能，他管得了人家一辈子吗？就是他想管，他管得过来吗？他自己管不过来，把责任推到儿女身上，合适吗？作为他的儿女，真的需要为一个刚认识一年多、没有任何血缘关系的女人，付出这种无法估量的沉重的代价吗？我们也都有自己的生活，我们也是四十多、五十多的中年人了，我们都有自己的各种不容易。当我们的理智和我爸永久的激情发生冲突时，我们能怎么办？

我爸召我们开会，我知道他肯定又有了自己的主意，就像前两次他给我们开会一样。他并不想听我们说什么，他只是想把他自己的想法告诉我们。在家庭生活中，我爸可以说是彻底的不民主的典型，或者更直接说就是一个独裁者。果然，他郑重向我们宣布：明天你们曾姨出院，我准备请个保姆回来照顾她。请保姆的钱从我退休金里出，不用你们。你们负责找个合适的保姆回来就行了。

我看见我大哥左脸色阴沉，二哥良嘴张开又闭上。

我知道我很纠结。顺从我爸的意思，他会高兴，但我将来不会后悔吗？曾姨的病，是一个保姆能照顾得了的吗？我爸要管保姆，要管曾姨，他这么大年纪，承担得了吗？但我站出来反对他，我爸会不会很伤心？会不会骂我个狗血喷头？

结果呢，就是所有人都不讲话，大家都闷着。一家人聚在一起一句话没有，那种寂静，很可怕的。最后，我爸眼睛一闭：你们都走吧。

我没走，我留下了。

曾姨第二天上午出院，我把我爸摁在家里等着。我说待会儿就看见她了，不差这一会儿。我特意去早市买了一束康乃馨，插在客厅的花瓶里，希望曾姨回来时看着心情好。住院半个月，往医院倒腾了不少东西，我跟我大哥说用一下他的车，往家里拉曾姨，还有东西。我大哥说他要去大连出差，车没空。好吧，那我找我爸单位。我爸这个离休干部，平时很少给单位添麻烦，偶尔麻烦一次应该没问题。老干部处的司机来家里接我，到了医院，我让他跟我一起上楼，帮我往下搬点东西。司机人挺好，停好车，高高兴兴跟我上楼。

到了曾姨病房，却没见曾姨。我问她隔床病友：二床呢？

病友说：昨晚半夜让他儿子、媳妇接走了。

半夜接人，什么意思？

我给大可打手机。大可接了电话，声音疲惫：美姐，临时决定的，事先没告诉你们，我把我妈接回家住几天。

我埋怨他事先不打招呼，又问他什么时候让曾姨回来。大可说：再说，看我妈恢复得咋样。

他还告诉我，有东西在床头柜里，是他妈妈让留下的，姐你拿走吧。

我打开床头柜，里面是我们从家里搬去的保温饭盒，一个热水袋，还有一个水果篮。我爸超级爱吃水果，曾姨没病的时候，天天去楼下早市给我爸买。

我站在曾姨住过的床前，眼窝湿润。就在这一刻，我开始有点相信，这个已经人到老年的女人，她确实爱过我爸。为了不让我爸为难，为了不给我爸今后的生活添麻烦，她毫不犹豫地选择了离开，事先连招呼都不打一个。就为这，我可以原谅她更年轻时可能对不起我妈妈的不道德。可是，她在身体硬朗的时候选择了跟我爸在一起，生活不能自理以后又回到儿子媳妇身边，儿子媳妇出于亲情，一时可以接受，时间长了，能没有怨言吗？那样的日子，她能好过吗？还有就是，我回去怎么跟我爸交代？他受得了受不了？

我心情一会儿轻松、一会儿沉重，像坐过山车。我感觉自己得了心脏病。我应该尽快回家，我爸在家眼巴巴等着呢。可我又不知道回家以后跟老爸怎么讲。他会不会以为是我们做儿女的反对，曾姨才选择了离开？他会不会以为，是我，或者我的两个哥哥，在背后做了手脚？我敢肯定自己，估计二哥也没这个能力，大哥我可不敢保证。看他昨晚上那表情，吓人呢。大可单位一把手是我大哥研究生同学，关键时刻，同学之间做点什么小动作，轻飘飘啊。大可四十岁不到，正是要求进步、事业往上走的时候，他不想因为自己老娘的所谓爱情影响自己吧？虎独不食子，作为一个女人，曾姨也不想因为自己跟一个老头子的快乐生活，对儿子不管不顾吧？

生活很残酷啊，比我想象的要复杂啊！

我爸最后一次召我们兄妹一起开会，是在两个月以后。

这两个月，我爸老了很多，很少跟我们说话。我感觉他个子好像一下子也矮了不少。

事先我偷偷问他开会内容。我爸看我一眼，很有原则地说：到时候你就知道了。

他公事公办的样子，让我心里没底，也有点伤心。他不信任我。

我爸一定对我很失望。

那天晚上的会，我们家人口很全，连我在北京读书的小侄儿也参加了。他博士马上毕业，趁着工作之前，回来看我二哥、二嫂和我爸。我们一家团团围坐，不是在饭桌前，是在客厅里，茶几上摆了香蕉苹果大鸭梨，还有茶水，真像开会的样子呢。那天晚上的饭，我们是在外面吃的。我们家附近新开了一家李连贵大饼店，我小侄儿说他馋了，建议大家去吃一次。我爸平时是不爱上饭店的人，那天，看在他二孙子的面上，很爽快地同意了。吃完饭，大家一起回家，有很重要的内容等着我们。最近以来的一些事实充分证明，只要我爸组织我们开会，肯定是有大事情，他不会无缘无故开会的。

全家人坐好了，听我爸讲话。我爸讲话高屋建瓴，很有觉悟，也很斩钉截铁：今天把大家召到一起，是想告诉大家，我下周去住敬老院。地方我已经选好了，在棋盘山附近，风景很好，空气很好，收费可能贵点儿，我退休金够了。你们谁也不用反对，我已经定下了，只是想告诉你们。以后想我了，一两个星期去看我一眼。工作忙，不去也行。我知道你们都是好孩子，都有自己一摊子工作，也不容易。你们不要有心理负担，以为自己不孝顺，不是这么回事。大家都应该转变观念。将来养老，社会化是趋势，我只是先行一步。你们将来估计也得进敬老院。我是从战争年代过来的，我很多战友，早早就死了，没讨过老婆，没有儿女。跟他们比，我多活了这么些年，我知足了。

我爸嗓门很大，但说得很平静：家里这处房子，暂时不要卖。麻烦你们把房子租出去，租金我留着用。等我走那天，你们兄妹再分房子吧。男女平等，小美也有一份。小美没找到合适的对象，你们当哥当嫂子的多留心。没有也别勉强。行吧？那就这样，散会。

我爸就这么把自己安排到敬老院了，不容我们有任何异议。他这人向来这样，在家里讲个话，不像爸跟儿女唠家常，倒像在单位做报告，有点假啊。但他八十多了，我们除了尊重他，还有别的选择吗？

现在，我们兄妹三家，每周轮流去棋盘山敬老院看望我爸。据他自己说，他在那儿生活得挺好。

跟他同时住进敬老院的，还有曾姨。

去敬老院探望我爸时，我才知道，我一中学女同学竟然在那儿当副院长。我不去探望我爸的时候，就经常给我同学打电话。我同学说，你爸是敬老院老人的榜样，早起打拳锻炼，吃饭不挑拣，有时候还帮护理员干活。他对那个姓曾的女人尤其好，那个女人中风过，半拉膀子行动不便，恢复得不好。你爸每天陪她说话，过节打电话给她订鲜花。我同学还说，你爸是不是黄昏恋啊？下回你来时你得见见那个女人。将来他们如果有什么结果，你可别怪老同学没提醒你啊。

我这老同学人还行，就是有点小市民，是个碎嘴子。我没告诉她曾姨曾经跟我爸同居过，年轻的时候，还可能是我爸婚外恋的对象。家丑不可外扬，这种事情，也许不可耻，但也不光彩。我一个没有婚姻的单身女人，跟老同学解释我爸八十好几可能还有爱情，是一件很麻烦的事情。

我懒得说。不知道怎么说。

秘 密 |霍 艳|

霍艳，女，北京作协签约作家。14岁开始发表作品，出版个人作品八部。现攻读当代文学博士学位，偶尔涉足文学评论。喜读书，擅看人，平日寡言。

所有的秘密都从那一刻起不再成为秘密。

发现这个BUG，我如获至宝，对着电脑屏幕张大了嘴巴，以至于路过的IT男小张，好奇地朝我屏幕上瞅了一眼。他说，你看什么呢？口水都快掉下来了，咱公司电脑不能上黄网啊！我没搭茬，他就把手指放在嘴里吮了吮，一副若有所思状，“我记得我把草榴给屏蔽了啊，再说你一个小姑娘，看这个也没意思啊！”

我一把环抱住显示屏，生怕他发现这个漏洞，

“这是个秘密，你一边儿去，一会儿请你吃可爱多。”我不能让小张看见这个秘密，他也会如获至宝。但我们境界不同，他是雷锋，我是凤姐，他会用程序员直线性思维方式打电话到网站，或者找到这个网站他当程序员的同学，得意扬扬地说：“我发现你们网站程序漏洞了，你们太疏忽了，这对用户数据会造成巨大的威胁！你们会被黑客攻击，IPO 申请计划不得不暂停，风投将陆续撤出，你们全都得失业！”他说这话时正义感荡然无存，他幻想着因此获得跳槽的机会，从建外 SOHO 跳到中关村，那里不是他们梦想的天堂，中国的硅谷吗？一步天堂，一步地狱，他如愿以偿的成功就代表有人不甘堕落的失败。

我不要任何人知道这个秘密，是因为怕别人摧毁它，就像小时候怕别人抢走奶油冰棒，就卷起舌头从头舔到尾，破坏的权力必须牢牢掌握在自己手里。我怕失去了窥视的权力，我承认窥视带给我欲罢不能的快感，就好像 AV 里真刀真枪的操练，抵不上快捷酒店的偷拍让人血脉膨胀。这一刻，我感到自己身上的血液在奔流，向大脑发出前进的指令，浩浩荡荡地进发。我的眼珠瞪得硕大，美瞳折射出显示器的光芒，我一动不动盯着屏幕，生怕错过一个字符，少观摩一场好戏。

10 分钟前，我点开东西网登录页面，按照全新操作提示，输入姓名和手机号，再点一下确认键，一个熠熠生辉的宝库就这样向我敞开怀抱！

东西网昨天还不是这样，我清楚记得，为了查询我的包裹，我连续输入用户名和密码，点击了好几个页面，才查询到配送状态。我订购的那条蕾丝连衣裙刚刚出库，预计今天才能送到。

可今天，当我再点击这个页面时，一切都变了，东西网人性化地改进了登录方式，只输入真实姓名和手机号，就能查到订单情况。也就是说，只要我这枚不起眼的前台动动手指翻开公司的通讯簿，输进一串 11 位号码，就能轻而易举进入所有人的秘密花园。我可以知道他们住在哪里，买过什么东西，是信用卡消费还是现金支付，是直接签收还是退货不断，他们对商品百分百满意还是牢骚满腹随手给出了中差评。

既然物质才是这个世界最忠实我们的东西，远胜于宗教跟信仰，那我掌握了所有的物质，就掌握了这个人的灵魂，不是吗？

快递员小方微笑着递给了我今天的包裹单让我签收。一上午又是二十多个“东西”啊，我们拼命地赚钱又拼命地消费，仿佛不消费就失去生命的意义，不买东西就失去了赚钱的动力。但这不正是国家替我们制定的政策么，拉动内需，刺激消费，花掉手里的人民币，一毛不剩。别担心，信用卡还会帮你解决后顾之忧，从读书时的五千到工作时的五万，信用卡额度的数字与对物质的忠诚度成正比。存钱买国库券是我们妈妈做的事情，《走进科学》告诉我们钱藏在盐罐里只有被老鼠咬成碎片的可能，别无其他，我们只有努力花掉它才能有动力赚回它。

小张的包裹很大，足有一米多长，包裹得严严实实，连快递单也看不出端倪。小方单独把它先扛上来的，累得气喘吁吁。小张接力把它抱回到工位，脸红彤彤的，每个青春痘都呼之欲出，红、黄、白三色相间的脓头，一碰就要破掉，我邪恶地幻想过他脸上青春痘爆掉的场景将是何等的壮观。他冲我吐了吐舌头，我开玩笑问他，这是什么宝贝啊？他说，这是个秘密。跟着他的脸上真的裂开了一朵秘密之花。

自从我掌握了那个秘密以后，这个“东西”的世界就没有秘密。

我输入了“张铁军”的名字，还有 138 开头的 11 位手机号，轻点回车。

订单号：58742369

梦中女神！日本进口充气娃娃，京津地区限时包邮，再送蕾丝黑丝11件套。

真人大小1:1倒模，300磅超强受力，特大柔挺双峰让你一次摸个过瘾，强力振荡带来酥麻快感，真人女性高潮呻吟让你兴奋无比，如此妙龄少女，定能给你带来无限性趣！你将收到的性感女郎身高165CM，由高级医用无毒PVC材料精制而成，给你最舒适的抚慰和最贴心的保护。充气使用，携带、收藏都极为方便，无论你是信奉长期独身主义的现代派男士，还是性冷淡、性高潮缺乏或性亢奋、性欲过于强烈等性功能极端的人士，又或怕染性病、艾滋病，对性冲动控制能力较弱者，都推荐使用，有备无患。该产品还能有效调节内分泌，从根源上解决因内分泌紊乱而引起的面部疙瘩、皮肤粗糙现象。众多消费者使用后发现容光焕发，起到美容的意外收获！

我骂了一个脏字，真没想到第一个秘密，就那么震撼，口味极重，点击大图，一个逼真的充气娃娃冲我嘟着樱桃小嘴，忽闪的睫毛下眼波荡漾，皮肤光滑而弹力十足。她搔首弄姿，被店家摆出各种挑逗的姿势，浑身赤裸是一张照片，穿了蕾丝睡衣又是一张照片，躺在床上玉腿微叉摆了一个 POSE，跪坐在地上含情脉脉也摆了一个 POSE，最诱人的姿势当然是双手撑着沙发，甩头回眸，腰部下陷，臀部后翘，黑发散落在胸前，一副欲说还休的模样。她的肌肤白净，和真人并无异，身材却要远胜于真人；胸部浑圆，粉嫩乳尖镶嵌在上面，像皇冠上那枚精致的钻；双腿绷紧，腿部线条流畅，脚趾涂着寇粉色的甲油。让人忍不住想窝在手心揉搓，连我这个女人看了都怦然心动。

这来之不易的艳福，我不知是否该道一声恭喜。

为了上班方便，小张的房子租在地铁站边上，合住，10 平方米的空间摆放了两台电脑，一摞程序书，再加点简易家具，把小屋塞得满满当当，真不知哪里还有地方摆放这个娃娃。这10平方米也是从过去的6平方米甚至更早的一张床位换来的。小张像每个北漂族一样，毕业于小地方的软件学院，怀揣着家里卖牛的几千块钱往大城市死命地闯。骨头软的在与现实搏击中摔得粉身碎骨，骨头硬的就像棵野草一样在北京生根发芽，盼着长成参天大树出人头地那日快点到来。

他努力，曾连续吃了三个月的泡面，坏掉了胃口，再吃山珍海味都索然无味。公司里有加班的姑娘泡了一碗泡面，老远嗅到一点余香，他就冲进厕所呕吐，他说舌尖在方便面里已经能分出各种化学添加剂的味道。

一个下午，小张都魂不守舍，每次我经过他的工位，都发现他在用眼睛偷瞄那个包裹，视线从右臂膀向下穿射。他不许别人碰它，连多看一眼都要用眼光追杀。临近下班的时间，他开始坐立不安，一趟一趟喝水、跑厕所，步伐微颤，脸上的青春痘也跟着晃动起来，发黄的白色衬衫挂在他削瘦的身上，随风摇曳。

难得挨到了下班时间，公司的人陆续打卡告别。小张还留在原地不动，眼前的工作页面已经一个小时没有切换过，他不停搓着双手，身体散发出躁动的热浪。我说，你怎么还不走，一会儿路上该堵车了。他冲我笑了笑，脸上的青春痘挤作一团，“一会儿的，现在路上人多，拿着东西不方便。”

我本不是个爱心泛滥的人，从小被教育管好自己，少管闲事。但今天当我知晓包裹里的秘密时，就有了站在同一战壕的亲密感，迫不及待地望他能如愿以偿。我理解他要倾泻，只能把满腔的欲望释放在一个塑胶人的身上。欲望就像他脸上的痘痘一样随时都有撑破爆炸的可能，以一套组合拳将他击垮，倒数是生命做出的无情嘲笑。“我送你吧，今天我开车了。”

我的车是一辆红色的QQ，是我毕业时老爸买给我的礼物，它就像一台电动玩具陪着我在这个城市游走，我对它犹如兄弟般地依赖。我当过文员、助理，现在这份前台兼行政的工作是我第三份工作。我继承了帝都人民心无大志，得过且过，比上不足比下有余的优良传统，慢悠悠地磨损着生命。我那些小资同学总爱用“太阳底下，并无新事”作签名档，可对我来说太阳还是月亮底下，都不会有什么变化，美少女在月色下变身是童年的痴心妄想。

小张给我讲了很多他年轻时候的事情，他说高考那年他每天就睡三个小时，用火柴棍支着眼皮读书，结果考前他查出肝炎，要报的军校把它拒之门外，沦落到一个软件学院。后来到了大城市复查才发现那是一次误诊，他什么病也没有，就这样被庸医毁了一辈子。我不得不提醒他，你现在也没老啊，别一副历经沧桑的模样，这点事算什么啊，放眼国际，多少民族英雄是靠坐冤狱成就的。他眼神立刻暗淡了下来，牢牢地抱住怀里的电脑包，“我真感觉自己老了，被这个城市折磨疲了。”

小张的家很难找，连他自己也说不清那个小区叫什么，所谓地铁沿线，实际是立水桥下了地铁以后还要转乘两站公交，下车再走15分钟，或者给残摩一个赚钱的机会。他搓着掌心说：“今天要不是你送我，我一定会光顾他们的生意，那些夜色朦胧才敢做生意的大叔们也不容易，可他们要五块钱也太黑了！”

确切地说，小张住在城乡接合部的一套农民房里，车已经开不进去，要从闭塞的小巷穿过去。大黑狗在垃圾堆边虎视眈眈地瞪着我这个入侵者，隐约能看见一个黑影从脚下一闪而过。地上摆满了生活垃圾，我甚至能闻到卫生纸上那股浓烈的鲜血味。他扛着人形包裹，我替他拿着电脑，一前一后，一路东张西望，如果不是小张边走边踢脚下的石子，我们真像TVB剧集里毁尸灭迹的坏人。

一开门，一只被铁链拴住的大狼狗就朝我咆哮，院子里所有的灯光都刺眼地亮了起来，仿佛在抗议他的晚归打乱了他们的作息。他喝退了狼狗，邀我进去坐坐。

包裹被他立在角落里，我看出小张把它跟扫把摆放在一起时，抽动了一下眉头，几个青春痘像害羞的姑娘扭捏在一起，他心疼，嫌脏，觉得是对女神的侮辱。但没办法，除了这里，屋子只有床上可以腾出地方摆放这个家伙，可那是我唯一的栖息之地。

六月的北京已经开始闷热，他抱歉地说没有空调和电扇，要是觉得热他就打开窗户。在他打了一半的时候我制止了，窗下垃圾堆的味道径直袭击我的嗅觉，绿豆蝇跃跃欲试往屋里蹿，村子里的狗此起彼伏的叫声有些瘆人。他的台式机一直开着，硬盘嗡嗡地旋转，迅雷敬业地下载着最新上映的《全城热恋》，他说他喜欢香港那个嫩模 Angelababy，她所有影片跟广告他都保存了，百看不厌。因为她最贴近他梦中女神的模样，大大的眼睛，清澈如水，麻花辫搭在胸前，一件白衬衣搭配黑色的半身裙，露出半截光滑的小腿，笑起来明眸皓齿，眼睛里都荡漾着清纯。他说老家有很多这样的女孩，一旦外出打工就变成胭脂俗粉，煞了回忆里的风景。

小张招待我喝的是床边没拧盖的2L装可乐，他不好意思地说，小时候最喜欢的饮料就是可乐，零花钱都用来买可乐粉跟可乐糖，所以工作以后没出息，把可乐当水喝。他看我没动静，又补了一句，我真的没肝炎，那是误诊。他喝得太急，打了一个嗝，也泛着可乐的味道。因为Angelababy的代言，他只钟情可口可乐，床底下还有一箱超值装。他大方地说我可以带走一瓶，就当是送他回来的车费。

我摆摆手告辞，小张已经掩饰不住肢体语言的躁动，总是在跟我说话的时候眼睛偷瞄墙角，又在我视线转移时，把目光迅速闪回来。几个来回，我看他颇为辛苦，又开玩笑地问，什么宝贝，那么大个头？

他口不对心地说："就是一个电动拖把，家里太脏了，你走了以后我得好好打扫一下，不然以后同事再来，连落脚的地方也没有。"接着他的身体又往包裹侧了侧，离女神更近了些。

我拒绝了他送我出去的请求，但能捕捉到他表情刹那间松弛下来。我坐在红色 QQ 里，用喇叭吓退村里的野狗时，看见了小张的屋子突然灭了灯，只有一盏微弱的台灯在夜色中闪耀，今晚他注定无眠。

第二天上班，小张魂不守舍，一副睡眼蒙眬的样子。我捂着嘴笑他眼角还挂着眼屎，他不好意思地抬起胳膊用袖子蹭了蹭，袖口显露出一块白色干涸的斑驳。

IT 部的资深技术员老王把手搭在他身上，"哥们儿，来罐红牛怎么样？可千万别打瞌睡，一会儿秦小姐还要给咱们部门开会呢，这个月的业绩冲得不错。”

老王是办公室公认的好人，他最早一个来，最晚一个走，走的时候必定按照管理细则关灯关门拔电源。有一次因为女儿生病早退，在医院他疑神疑鬼，觉得办公室的电源没拔，就从医院杀了个回马枪，结果刚好赶上半小时后全写字楼停电，如果不是他果断拔掉电源，几台数据器全部报废。秦小姐为此特地给他封了一个大红包，在办公室展开了轰轰烈烈的向老王学习爱护公司财产的活动。

生存在弱肉强食的私企，不一定靠业绩才能笑到最后，平衡好各方面的利益依然能成为公司的调和剂，38 岁的老王就是这样一味良药。他总是将 6 岁女儿的照片设作电脑桌面，任由大家开着要娶她当小老婆的玩笑，他从不生气，还笑嘻嘻地从破旧的环保袋里拿出一串挂着水珠的樱桃，四处分发，

“拿去吃，拿去吃，孩子她妈刚从早市买的，倍儿甜。”渐渐地，大家忽略了老王的程序总是出错，因为有小张这样的青年义务帮他修改，有秦小姐在绩效考核上暗中帮忙。全公司每个人多多少少收到过老王的恩惠，他还在情人节那天替我客串了前台的角色，为此我人为地消灭了他的两个迟到。

快递小方总是在上午 10 点准时到达，这个送快递的男孩才 18 岁，一张小王子的脸错安在了绿巨人的身上，打娘胎里带出来的结巴：“姐、姐姐，今天十、十个件……麻烦你……签收……我还有很、很多家要跑……天太热了……真后悔以前没、没有好好读书……以后我一定……不让我儿子……当、当快递……”

今天快递里有两个是从东西网寄来的，一个是老王的，一个是 CICI 的。

以前我总是第一时间把快递送到每个工位上，是因为我自己沉迷于和商品对视时的怦然心动和收货那一刻的巨大满足感，东西捧在手心，使我得以确立一个独占者的地位，而中间这个过程，我每天都在翘首企盼。我把工作日重新排列组合，周一下单，周二发货，周三货物在途，周四收货，周五炫耀，周六休息，周日喜新厌旧，盼着周一开始下个轮回。每个月工资大部分都花在了网购上，那是一件让我重新确立自己价值的事情。精挑细选、等待收货、把玩炫耀、不留情地遗弃，我所有的东西都经过了这四个步骤。每当经历前三个阶段，我都会觉得人生怎能这般美好，微博上天翻地覆的争吵又与我何干？那是一群自认为精神富足的人，为了掩饰物质上的空虚而不停地叫嚣。我自动忽视第四阶段的无情，因为精心制作的网页上有那么多琳琅满目的商品等着我带回家。他们像天上人间里等待被挑选的姑娘，不断对我搔首弄姿，用标题里最诱惑的字符吸引着我——“绝无仅有的迷你音响组合，带给你前所未有的视听盛宴”、“史上最有爱心形煎蛋器，快给你的情人煎个蛋吧”、“不买会后悔的祛斑黄金丝面膜，一夜之间让你不再是你”、“众明星演绎蕾丝短裙，杨幂同款大牌秀款，穿了就是明星”。我听够了母亲从两岁起就在我耳边念兹在兹的“以前咱家多困难啊，过节才能吃肉，我一年能买一条连衣裙就不错了，买个金戒指还得用外汇券”。每每这时，我就拉她端坐在电脑前，给她指指网上的商品，从一包加碘盐到一捆手纸，再到闪闪发光的克拉钻戒，你能想到的，你想不到的，应有尽有。“妈，你别再唠叨了，网上什么都有，我们什么都买得起，你看价格只是大商场的几分之一，你可以买十条连衣裙，不合适咱就退，穿五条退五条，一个夏天就过去了。你看那几千种T恤才29元，我都挑花了眼，29元是个什么概念？现在连一盘鱼香肉丝都买不到了。别说什么便宜买穷人的话，生产的目的就是消费，您没看新闻么，老说扩大内需拉动消费才是经济发展的保证，这需要您这样有政治觉悟的老太太以身作则，带头消费！21 世纪是消费社会，只有消费才能证明咱过得如意，国泰民安已经不需要我们抛头颅洒热血了。国家对咱们就一个要求——高高兴兴买东西，踏踏实实赚钱。您别老盯着葱姜蒜涨价了，您眼光放长远点，衣服便宜了，商店一条裤子的价格网上能买三条裙子；电器天天打价格战，32 寸离子电视咱来两台，卧室一台厨房一台；还有您小时候最爱给我买的那精神食粮，现在打到半价求着人买。出去旅游咱就团购，机票、酒店、门票的价格最低能打三折，早把葱姜蒜的钱折回来了，这样的世界不美好吗？”

我妈举着葱，像看外星人一样看着我，嘴里干净利落吐出八个字：“有病吧你，败家玩意儿。”

老王的包裹方方正正，棱角分明，掂在手里颇有点分量。

他从我这里取走包裹时，还送给我三颗荔枝，比其他人要多一颗。

“妹子，这是你嫂子早上新买的，你看还挂着水珠呢，多吃点，皮肤跟荔枝一样水灵。”

“这玩意儿吃多了会上火的。”

“你又不是小张，你怕啥？他才是真得注意了，你看一夜之间脸上又多了几个疙瘩，也不知道哪里来的这么旺火气。”

“这快递啥啊，还挺沉？”

“孩子吵吵好久的童话书，不给她买，她就又哭又闹，还跟我吵吵什么精神食粮匮乏。算了，买两本吧，书这玩意儿还挺贵，你说孩子不看黑白的偏要什么铜版纸。下次路过报摊我给她买几本过期时尚杂志得了，那铜版纸她一天都翻不完。嗨，你说那五百多页大厚本杂志能收得回本吗？隔三岔五还送点牙膏、洗面奶，我老婆一看那玩意儿就眼里放光，一本一本地往家搬。”

“人家靠广告撑着，您操那个心干吗？”

“哦对，广告，我翻过我老婆那杂志，没几个字，全是大美女图，反正我们也买不起，我赚着他杂志便宜，他杂志没忽悠到我钱，这买卖，我不亏。”

“您算得真清楚，看得真长远，全国读者要有您这个觉悟，那时尚杂志就真做不下去了。”

“嘿，我就这么一说，你慢慢吃，好吃跟哥说，明儿再让你嫂子带点。我女儿老背那古诗咋说的，一骑红尘妃子笑，无人知是荔枝来。荔枝那是杨贵妃最爱吃的好东西。”

老王转身离开后，我一边剥皮一边在东西网里输入了他 136 开头的手机号。

订单号：58742489

《办公室权术奥秘》如何让你成为办公室的无冕之王，世界五百强高管的权术大揭秘。

《干掉一切对手》PK 掉你成功路上的拦路虎，消灭一切阻碍你的人，特别附赠职场称王手册。

句句介绍都敲打着我身为一个不上进屌丝的心，

我感到屌丝不可怕，可怕的是屌丝有一肚子文化。

自从知晓了老王的秘密后，我开始戴上有色眼镜观察他一天的工作。

我以前从未留意，原来他的举止是那么地不自在。每当施加三颗荔枝、四枚樱桃的恩惠后，他总是微笑着戳在那里等着对方的回应，然后用全公司都能听见的声音说："甭客气，喜欢吃下次让你嫂子还给你买。"他喜欢吃完饭后在每个人的工位上转转，当他顺手给午睡的同事披一件外套时，眼睛却趁机扫了眼电脑屏幕上的代码，迅速地默念几句，就飞快回到自己的座位上验算起来，不久就打印出一份报告。他抽烟时，总捎带几句别人的家长里短，然后一声叹息："这个年轻人啊，还不够稳重，哪像我当年，真是媳妇熬成婆，一步一步才成了公司里的资深技术员。你们现在技术好机会多，大有可为啊！"

他的不露声色、暗藏杀机，都随着那枚包裹的秘密被揭晓而显现，我像是刑事罪案调查科里的阿SIR，在他身上发现越来越多的疑点。他总是在别人提案完成前捷足先登，总是在错误出现的第一时间将自己择得干干净净。每当荣誉的光环降落，他那张沟壑密布的脸被映衬得硕大。

CICI 又一次在 11 点钟才出现在公司，这并不算她最晚上班记录，2 月 15 日她打卡的时间是下午三点，还有三个小时，就该打下班卡了。

CICI 颤抖着腰肢，扭动着浑圆的臀部，用一件宝蓝色的 T 形露背装包裹起玲珑的曲线，胸部之间的鸿沟可以牢牢地夹紧一根铅笔。她往我身上凑了凑，香水的味道是迪奥的毒药。她说这款香水最能刺激男人的欲望，是一瓶引诱犯罪的毒药。

她取走快递的时候，甩了甩浓密的大波浪，打了一个哈欠："哎，人家都说要早点回去，FRANK 偏不放我走，一跳又跳到三点，太耽误人家睡个美容觉了。我做SPA都补不回来，不过好在他说我变成什么样都等我，求我考虑一下他。”她侧了侧身，把左肩挎包的双C标志露给我，“为了表示诚意，他还送了我一个香奈儿的包包，你看新光天地买的，跟那些来历不明的代购货可不一样，三万多块钱，人家眼睛都没有眨一下。不过他之前送我的Ferragamo啊，FENDI啊，GUCCI啊，我还没找机会用呢，再这样下去，我又要搬一个更大的房子来放东西了。我这次还帮他挑了一个BV的钱包，棕色编制皮看不见LOGO才衬得起他少董的身份。LV那俗气的格子留给土大款们好了，买一个还打包一个送人，土鳖干爹才这么做呢。好了，不说了先去工作，秦小姐又要骂我了。不过骂骂也无所谓，反正这份工作的钱还不够我零花，我就是不想这么快嫁人。”

我和CICI是同一个时间进公司，我做前台接待，她做客服培训。她有甜到让人发腻的声音，擅用拖长的“嘛、啊、呀”作为尾音，声音的魔力可以让电话那头火冒三丈的投诉对象立刻浑身酥麻。如果还怒气未平，CICI就把他约到公司，当面答疑解惑，当她的手和客人接触的那一刻起，指尖貌似不经意地划过掌心，接着纤细的胳膊摩挲客人的手臂，对方就节节败退，直至被削得片甲不留。

CICI所以让秦小姐还能容忍的一点是，她迟到却不早退，因为夜晚才是她的舞台，等华灯初上，她就在公司的卫生间里焕然一新，然后出现在各个活色生香的娱乐场所，成为别人眼中的尤物。她在舞池森林里捕捉猎物，用身上荷尔蒙的味道作为寻觅的坐标，吸引着同类。如果兴致正浓，她还愿意表演一段钢管舞，四肢和冰冷的金属缠绕在一起，用滚烫的肉欲撞击男人冰封的心。

等气氛达到顶点，她见好就收，精挑细选一个男人送她回家，车停在朝阳公园西门小区的楼下，她就制止住对方想春宵一刻的念头，她说那些都是浪子，逢场作戏后，就应该各奔东西，带回床上，注定是个祸害。

CICI总爱找我聊天，虽然我不去夜店，但也通过情感专栏懂得都市男女的游戏规则。她有时会请我去做SPA，趴在床上跟我分享最近的情感经历，我发誓那比任何一部情色小说都活色生香。

“我告诉你啊，前几天我快来例假了，突然特别想那个。”

“哪个？”我故意装傻，给她演绎的余地。

“就是做爱啊，你不知道生理期前荷尔蒙分泌得最旺盛吗？我那天特别特别想，但也不能从夜店里乱找一个不是，这帮孙子睡醒了就翻脸不认人。有一个男人追了我很久，是咱公司的一个客户，不过就是人在上海。那天我给他发了条短信，挺隐晦地表达了这个意思。结果你猜怎么着？他连夜坐飞机飞到北京，直奔我家楼下，坐了一夜！”

“然后呢？他给你带了爱心油条把你感动哭

了？”

“还能如何，当然是干柴烈火，欲罢不能了。上海人的动作就是细腻，他从我的头发一直吻到脚趾，最后干脆舔了起来！”CICI咂巴了一下嘴，像是在回味，“那感觉啊，根本形容不了的奇妙，你要能尝试一次，就知道做女人值了，我浑身都跟着抖起来了，像是过电一样，每个毛孔都打开了！”CICI边说边扭动了一下身体，像一只水蛇盘在按摩床上。

我并无心听她的性爱经历，可这是她最爱跟我聊的话题。我不喜欢是因为我没有值得分享的经验，而且她每次分享的经验都是登峰造极，已经断了我的话茬。

但我的倦怠，并不能阻止她继续说下去，“后来那个男人，提出想跟我好，让我去上海发展，因为他家就是上海人。我当然不会去了，电视剧里演受上海婆婆气的场景还少吗？但我们对这事都欲罢不能，于是就达成协议，每周他都特地飞过来一次，翻云覆雨之后再飞回去，这一夜也值头等舱机票了。再告诉你一个秘密，网上好多招数，看着花哨都不实用，他偏要试验，有时候累得我腰酸背痛的，还得来按摩。喂，小姐你再用力点，我受得住。”

后来我与 CICI 日渐疏远，因为她的兴趣不再限于自己讲，转而对我的性生活横加指责，“啊，你一周才一次啊，那就是一个月四次，太少了吧，你才 25 岁啊！身体是自己的，现在不用难道老了再用吗？到时候你和他身体机能都下降了，恐怕就有心无力了。再说那事是有助于美容的，比涂什么化妆品都有效。你要嫌他不好，我再介绍个给你。要不这样，那个上海人你拿去用用，准保你明天就青春焕发。”

我从此拒绝了免费 SPA 的诱惑，以免那颗薄如蝉翼的自尊心受到伤害。她得意地炫耀了自己的成功，并无情揭露了我的失败。我需要势均力敌的朋友，而 CICI 早已高不胜寒。

单看包装，CICI 的包裹看不出任何端倪，一个长方形的盒子，里三层外三层，只显示发货地点在广东东莞。

我支走 CICI，输入她 186 的手机号，查询最新一笔订单：

订单号：59642369

全网最高品质，以假乱真，香奈儿山茶花墨镜少量到货！附发票跟礼盒。

我嘴角荡漾起轻蔑的笑意，什么新光天地、恒隆广场，还不是网上买些假货鱼目混珠。CICI 跟我一样是东西网的资深买家，已经有皇冠的信誉记录。我继续点击历史购买记录，就像发现了一个不见底的欲望深渊。

1 月 12 日，香奈儿 2.55 链条包现货，顶级 A 品质！980 元！

1 月 25 日，王菲同款羽绒服，无须代购，现货发售，吐血价 239 元!

2 月 13 日，全市包快递，99 朵玫瑰预订，情人节保证准时送达! 399 元!

3 月 2 日，迪奥限量版彩妆盒，仅售 100 元，还包邮，亲，还不快来抢!

3 月 15 日，菲拉格慕芭蕾鞋，赫本的优雅选择! 250 元特惠!

4 月 1 日，愚人节特惠，冈本避孕套打包，给你无与伦比的性福，40 元!

4 月 16 日，绝味鸭脖打包售卖，再送《甄嬛传》DVD，让您看得上瘾，辣得过瘾!

……

一件件被 CICI 拿来炫耀的各色男人送她的礼物，都出现在她的购买记录里。令我惊讶的远不止此，每件宝贝下单的时间都是 10 点到 12 点，那时候她本应该是振臂高呼的舞池皇后，等着男人蜂拥而至，她再像打苍蝇一样，一个个地把他们的自尊心击落。而事实却是她穿着睡衣，敷着廉价的美白面膜，踩在椅子上，一个个链接搜索、对比、砍价。而且收货地址除了公司以外，还有一幢居民楼的顶层，我用谷歌地图定位，发现它坐落在 CICI 夸耀的高尚社区的后门，一群无所事事的人在那里虚耗着生命，只为跟拆迁商谈得一个自认合理的价格。我仔细琢磨，整个公司没有一个人去过她的家，我开车送她回去过几次。到了高尚社区门口，她就体贴地下来自己走，她说进去要收停车费的，一小时 10 块钱，QQ 停在这里，不值。

我眼前浮现她每天从高尚社区穿过，幻想这里才是自己的家，却要踩着高跟鞋返回自己的 12 平方米阁楼，脱下公主的新衣，在昏暗的灯光下面对电脑屏幕啃着鸭脖子，张牙舞爪讨价还价的情景。

CICI 给出的评价都很刻薄，最近一个月就给出了两个差评，五个中评，“仿得太次”、“不值这个钱”是她常用的评价，连绝味鸭脖的辣度不够都惹恼了她。店家也毫不示弱，用“有钱就去专卖店买去，花二十分之一的钱就想买到真品的品质，白日做梦！自己是个女屌丝，学人家装什么白富美，本店不欢迎你这种挑剔的顾客！”作为回击，更有甚者发挥了挖地三尺的功力，找出 CICI 在三年前曾买过一年的减肥药，都是添加了违禁配方，以猛烈的功效刺激新陈代谢的三无产品，“你减肥药吃多了，把脑子吃坏了吧，死胖子！”

我知道有一丝笑容漾上了我的嘴角，是那种眼睁睁看着女神被打下神坛，揭开画皮的幸灾乐祸。那副光鲜的皮囊，被拆穿了以后，只剩下人生的暗淡无光。

东西网对我来讲已经是个魔窟，它已经不是在用物欲吸引我，而是用窥视别人秘密的快感在诱惑我，我欲罢不能。我坦荡承认自己的快感，并直视它，丝毫不认为这是难以启齿的事情。对欲望的宽容和放纵，我认为是中国现代化以来最大的进步。

我一个一个手机号往里输入，原来每个人的世界都丰富多彩。

IT 部的几个同事都买过款式一样、尺寸不一的假 CK 内裤，他们在给大家检修电脑时，总是不经意地露出内裤的边缘，Calvin Klein 几个字母在我眼前晃来晃去，我不知道他们在卫生间里会不会脱掉裤子而尴尬。

那个总被 CICI 嘲笑胸大无脑的客服部 LUCY，定期就会买性感内衣，原来人家懂得靠很少的布料让重点部位凸显。

木讷的 IT 主管李建国，他买过色情网站的一年通用账号，怪不得每天上班眼角都挂着黄色的分泌物。

最兢兢业业的销售李冰，他买了《消费者行为学》《社会营销法则》《十天，从小销售成为销售经理的奥秘》，随时做好跳槽的准备。

秦小姐，精明能干的台湾女人，让时间这把杀猪刀，把青春杀得片甲不留，有关她的婚姻状况一直是个谜。我从未见过有她的包裹，差点将她剔除在名单之外，但鬼使神差输入她的139手机号还是收获颇丰，她总是在网上买一些男人用品，成套的碧欧泉男士护肤品，日本代购的BURBERRY衬衫，法国的LV钱包，一件件货真价实，价格不菲。我再点开送货记录，地址是公司，而收件人却是：陈枫。

陈枫是她的助理，秦小姐在招聘会上把无头苍蝇般乱投简历的他领回来，贴身培养，偶尔还兼顾司机的角色。

陈枫是那种湖南卫视偶像剧里常见的阳光男孩，顶着一头栗色的发，笑起来有两个酒窝，一米八的身高是天生的衣服架子。办公室有段时间盛传他跟秦小姐在一起的绯闻，CICI说得尤其绘声绘色，她说以前看见陈枫在秦小姐家楼下接她上班，后来他就直接从她家出来一起上班，两个人亲昵的动作宛如一对情侣。

但凭借我的细心观察，秦小姐订购的收货人为陈枫的东西，一件没在他身上出现过，他还是穿着HM 和优衣库买的休闲服和大家打成一片。

我心有不甘地输入了陈枫的手机号，和秦小姐相同店铺的订单，订购的商品却都是女性服装，而收件人是牛玲玲。

牛玲玲是公司新来的文员，貌不惊人，我只知道她是陈枫的同乡，两个人平常并不怎么说话，仿佛并不熟识。陈枫跟着秦小姐一起吃饭，而玲玲则跟我们合伙吃饭，她吃得不多，总是一副食欲不振的样子。她说话的声音小小的，像是在说给自己听。当那次 CICI 证据确凿地说秦小姐跟陈枫肯定有一腿时，她咬着嘴唇别过脸去，眼里有泪，我却只当她是暗恋未遂。

今天午饭，我特地留意了一下牛玲玲，付账时她的钱是出自战马图案的 burberry 两折钱包，她的耳钉有一个双 C 标志，她却说不认得这个牌子，就是在外贸小店看着好看就买了，连脚上的鞋都是 TODS 的经典款，只是因为挤公车倒地铁和万马千军齐奔忙的缘故，有些旧了。

我很感兴趣三个人之间隐秘的联系，提前回到工位，乐此不疲地分析起他们的购买记录，这才发现陈枫给牛玲玲买东西的店正是秦小姐给陈枫买东西的店，他其实只支付了快递费和少量金额，而大多数商品，是他收到以后退还给商家，再换购了新的商品给牛玲玲。

这是东西网 BUG 出现的第三天，当我坐在前台对他们迎来送往的时候，都会报以一个意味深长的微笑，我的眼睛射穿了他们的心，他们虚荣而虚伪，他们奔忙且无畏，他们收拾好肮脏龌龊的阴暗面，过着自欺欺人的生活却玩着自以为精明的把戏。

10 点，快递小方没有如期而至，不停有同事围着我问今天的包裹怎么还没来。直到12点，我才接到快递公司的电话，他们说小方带着公司的货，跑了。我有次在楼梯口打电话，看小方蹲在地上哭，他结结巴巴地说，觉得北京是个让人绝望的城市，因为这里上升的空间全被堵住了，他想有人向他伸出一只温暖的援助之手，带他逃离这个水泥森林，去哪儿都行。我安慰几句立刻撤退回工位，那个能带他逃离的人显然不是我。今天，他用左手拉住右手，自己施以救援，我心中暗暗恭喜，却深知结局难料。

这个消息让公司的人垂头丧气，表情落寞，他们今天本应该收到名牌香水，二手名牌钱包，特价处理的人体画册，水货IPHONE4，愤怒小鸟公仔，和塑形内衣。

少了物的存在，他们的身体都变得轻飘飘的，像一阵风一样飘出了公司，一路骂骂咧咧，将小方的祖宗十八辈挨个问候个遍。

中午牛玲玲没有跟我们吃饭，她说感到很累，只想躺在会议室的沙发上睡会儿。

小张也没去，他借口着急赶一个程序留在了公司，等同事们都散去，他一个人潜入了会议室，掏出准备好的三明治，坐在沙发边上啃了几口。看着牛玲玲倒在沙发上，他一只手举着三明治，一只手在牛玲玲的胸口游走，开始神秘探险。他从额头向下，指尖划过鼻子，嘴唇，下巴，直至胸前的第一枚扣子。他已经控制不住自己的动作，把三明治扔在了一边，专心致志地解开她身上的扣子，他的手有些颤抖，费了好大劲才解开扣子，又想着触动牛玲玲身体的开关，于是一个部位一个部位在细致摸索，直至坠入那深不见底的欲望之渊。

这些都是我们事后在保卫室监控上看见的镜头，牛玲玲丝毫没有苏醒的迹象，她扭捏了一下身体，嘴巴微张，额头渗出细密的汗珠，头发散落在胸前，双腿微微分开，像是在享受这一切。

我这才想起，小张订购充气娃娃的店家，11 件附赠品里有一包迷情粉的试用装，而两个人临午休前迈进茶水间的时间，只差分秒。

小张被警察带走了，他走的时候哭着喊着骂自己恶心、猥琐、肮脏，他说不该这样，他对不起父母对不起那头黄牛，但他控制不住，他每天都在想这些事，他快要被这些肮脏的念头折磨疯了，他感到自己每天活着都是被兽性在摆布，他看着程序代码想的却是女人的裸体，他幻想她们袒胸露乳把他抱在怀里，才能逐渐把欲望平息。我想走过去告诉他说，欲望不可怕，无所谓肮脏与邪恶，他缺的不光是克制和疏通，更是爱和关怀。但耳边萦绕起父母在我年少时每天出门都告诫的“少管闲事，管好自己”，我还是闭上了嘴。这关怀我给不了，这公司这城市这巨大丰盈的物质世界也给不了。

牛玲玲在会议室里哭得梨花带雨，眼神脆弱而绝望，她忘了系上扣子，脖子上有被小张指甲划伤的红印。陈枫的眼睛瞪得浑圆，像只被激怒的野兽，他很好地把眼泪控制在眼眶里，集中全部注意力疯了似的抓住小张的领口，一拳挥了过去，“我操你妈，你居然敢碰我的女朋友。”他的拳头上沾了血迹，指甲划破了小张的青春痘，击碎了他邪恶而甜蜜的春梦。

秦小姐在一旁双手抱臂，眼里冰冷一片，她想起这个男孩当时是那么信誓旦旦地在床上跟她保证，牛玲玲只是他的老乡，两个人并没有暧昧关系，她才肯给她安排一个职位，用加倍的物质给予来换取一定量的感情回报，想不到最后仍只得一具徒有其表的躯壳。

是老王报案的，从他看见小张收到包裹心神不定起，就预感一定会出事，权术书上很重要的一条就是要求对周围环境时刻保持警惕，因为你不知道成功的机会何时降临。公司放出风来小张本要晋升的技术主管位置，现在毫无意外地落在了老王头上，他把鼻梁上的眼镜向上推了推，又甩了甩刚才擒住小张而被汗浸湿的头发，一脸苍茫的得意。

CICI 在看那段监控时，给我们进行了全程的解说，直到最后大家意犹未尽商量着再看一遍时，她从鼻子里发出一声哼："看不出小丫头片子，还挺风骚。"

快递恢复以后，公司的第一个包裹是 CICI 的，她顶着丢失包裹的人们嫉妒的眼光，取回了自己的包裹。

"咦，我最近没买东西啊，也不知道是哪个男人送我的礼物，幸好寄得晚了点，没赶上那批被偷的，不然几千块钱的东西就白白便宜那小结巴了。你们都知道我身上穿的戴的可没有低于三千的啊。"

CICI 花枝乱颤地打开了今天唯一的快递，一层层包裹得紧密，像是刻意延长她惊喜的时间，以制造最大的期望值。最外层是塑料泡沫，然后是塑料膜，接着是透明胶带，再是印有凶杀案的小报，最后是一个纸盒，里面还装着精致的小木盒。

三分钟后，我听到小木盒坠地的声音，接着就传来 CICI 前所未有的粗鄙语言。

“哪个王八蛋干这生儿子没屁眼的事，祖上缺八辈子德了，你要缺棺材，老娘替你打一副！我日你祖宗！”

全公司的同事都围了过去，连忙用手捂鼻，一股恶臭从小木盒里发出。

CICI 跌坐在椅子上，花容失色，有好事的人用笔捅开那个熠熠生光的木盒，一坨枯黄的粪便端坐其中，那根笔不小心扎在了这坨东西上，扎出了两个对称的洞，接着干燥的粪便裂开，把一个狰狞的微笑定格在我们心中。

17:47，在还有 13 分钟大家就各奔东西，结束这丰富精彩的一天时，我再次登录东西网，输入我的手机号，却发现怎么也查询不了订单记录了，我反复试了几次，都是登录失败的提示。

窗口浮动一条公告：

我们很抱歉地通知广大网友，因查询系统升级，暂时不再提供手机查询订单方式，预计明天早上9点恢复正常，恢复后请用登录名和密码方式继续查询，给您造成的不便敬请谅解。我们愿意竭诚为您提供最优质的服务……

都市众生 |聂鑫森|

聂鑫森，男，曾毕业于鲁迅文学院和北大中文系作家班。为中国作协会员、湖南省作家协会名誉主席、湖南省文史研究馆馆员。出版过长篇小说、中短篇小说集、诗集、散文随笔集、文化专著五十余部。二十余部中、短篇小说被译成英、法、日、俄、越南、智利等国文字荐介到海外，出版过英文小说集《镖头杨三》。曾获“庄重文文学奖”“湖南文学奖”“毛泽东文学奖”“金盾文学奖”、《小说月报》第十一、第十二届“百花奖”、第三届“小小说金麻雀奖”、首届《短小说》“吴承恩文艺奖”、首届《小说选刊》“蒲松龄小小说奖”、首届“湖南文艺奖”及其他文学奖。

时间存折

二十六岁的史力，突然一摸口袋，那个存折弄丢了。是掉在上下班的路上，还是遗落在他停留过的地方？天知道。

这个大红封皮的存折，存的不是钱，是时间，整整五十个小时啊，比钱还珍贵。

史力的老家在乡下，父母为了供他读大学本科、研究生，真是吃尽了苦头。本科是汉语言文学专业，硕士生主修古典文学。没想到毕业后，找工作难于上青天，只好应聘去了一家文化策划公司搞文案工作。愤懑也罢，伤心也罢，他得先找个饭碗，再不能拖累家里了。好在公司在吉和山庄早买了几套三居室的房子，供未婚的青年员工居住，不收租金。一套房子住八个人，热闹得像集市，下班回来，打牌、看电视、聊大天。史力对这些都不感兴趣，只想看看书，但看得进去吗？于是，他常孤零零趁夜色在社区闲逛；若是下雨，就在亭、榭、长廊里呆坐。

有一天，史力发现吉和社区有了一家奇异的时间储蓄所。社区很大，几十栋楼，住了近三千人。老年人不少，此中一部分人或子女不在身边，日常生活需要人帮助；或是孤寡老人，有病且寂寞。于是管委会倡导中、青年人敬老爱老，利用休息时间到这些家庭去做义工，所花费的时间一笔一笔都记于存折，当自己需要时，则由其他义工来帮忙干活，谓之“领取时间”。

史力的业余时间太难打发了，于是申请去做义工，并领取了一个存折。储蓄所负责人告诉他：“有个老人章文心年过七十，原是本市江南大学中文系的教授，老伴十年前过世了，无儿无女，他要找一个懂行的年轻人帮他查找资料、听他说话。我们物色了好久，你是最合格的人选！”

在一个星期六的上午，史力打电话给章文心时，对方说：“小史，你来吧，我扫榻以迎。”于是，他第一次去了五栋三单元六楼的章家。

门早已打开，清瘦的章先生满头华发，站在门边，把他引进客厅。“我在为你煮茶，你先参观一下这上下两层的复式楼，看可否入目？”

上下两层近 200 平方米的房子，除客厅、卧室、厨房、卫生间外，其他地方都立着成排的书架，书香如无形的波流在涌动，史力仿佛又回到了大学校园。

当他们面对面坐在客厅的长条茶案前时，章先生说："这是刚煮好的安化黑茶，请一尝。"

"谢谢。"

"小史，你硕士论文写的是什么呀？"

"是《论明人小品的艺术走向》。"

"这要读不少书啊，难得难得。张瀚的《松窗梦话》、屠隆的《考余事》、张大复的《梅花草堂笔记》、袁宗道的《白苏斋类集》、张潮的《幽梦影》……想必都入了君眼？"

"是的。我只是泛泛读过，没有深入地研究，很惭愧。"

"你虽离开大学，照样可以自学成才，只要吃得苦。'路漫漫其修远兮，吾将上下而求索。'何愁不成功。你叫史力，有字吗？"

“没有。”

“我给你起个字怎么样？就从屈原诗中取出‘修远’二字。我名文心，字雕龙，取自《文心雕龙》的书名。”

“谢谢雕龙先生赐字。”史力突然双眼涌出了泪水，站起来向章先生深鞠一躬。

章先生哈哈大笑。

正午了，史力这才想起什么事也没做，很内疚。

“不，你陪了我三个小时，我写个条子给你，你可去时间储蓄所，登记在你的存折上。”

史力小心地问：“我什么时候都可以来吗？但是……下次来，你得安排我做事，做什么都行。否则，我就不敢来了。”

史力觉得日子过得充实了。业余时间他或者去章家，或者耳塞棉花在嘈杂的声响中看书。他每次去章家，先打扫卫生，再浆洗章先生换下的衣服，然后为章先生查找资料。都干完了，一老一少坐下来喝茶聊天。

“修远小友，做学问必先从识字开始。”

史力愣住了，他认识的字不少啊。

“自提倡简体字之后，很多字的识别便成了问题。如‘帘’，本指酒家的酒幌子及用棉、布做成的挡风门帘。以竹条做成的遮挡物，应是竹头下加一个‘廉’字，李贺诗‘帘中树影斜’，是竹编的帘，这才能从竹条缝中窥见斜斜的树影。”

“多谢先生教导。”

史力的存折上，有了五十个小时的记录。

这个记录义工时间的存折，居然丢掉了！其实只要史力到社区管委会说明一下情况，补发一个存折再记上数就可以了。他觉得毫无必要，章先生传授的做人、做学问的道理，才是他真正的积蓄。

三度寒暑过去了。

史力在章先生的指导下，将当年的硕士论文，扩展成一本近二十万字的专著《明人小品的文化品格及个体生命潜能的释放》，由章先生推荐出版了。接着，章先生又慎重地写了推荐信，让史力到江南大学中文系去应聘当合同制教师，并告诉他：“你一边上课，一边考博士生，只要肯下功夫，你将来是可以留校的。”

史力说：“先生对我有再造之恩……”

“不，更重要的是你对自己的再造！”

说完，章先生拿出一个红封皮的存折，说：“这是你三年前掉在我这里的，之所以没有还给你，是想看看你会有什么反应。愿意做义工而领一个存折已属不易，但你掉了后不去要求补发，心很安详，说明连理所当然的那点报偿都淡忘了，是修德修文之所至。”

史力接过存折，翻了翻，除原有的页码之外，又加订了厚厚一沓，上面由章先生填满了他每一次做义工花费的时间。他合上存折，双手捧着递还章先生，说：“我做义工的时间，即是先生义务教诲学生的时间，只有您知道我有多少长进，还是由您保管吧。”

章先生说：“好！”

星 妈

湘楚京剧院上上下下几十号人，都称她为星妈。

星妈是明星之妈的简称，因为独生女郦丽，是该院的荀派当家花旦，虽只二十八岁，却早已誉声四播，追星族阵营十分浩大。

星妈姓乔名凤英，五十岁出头，大脸盘，粗骨架，说话声震屋宇。她三十岁就守寡，却不再嫁人了，靠一副好嗓子吆喝卖水果为生，硬是把女儿培养成人：先读小学，再读戏校的中专和大专，然后成了名角。

郦丽说：“妈，我在剧院有工资，还经常应邀去参加别的演出，你就不要去卖水果了。”

“好，妈就时刻陪着你。你出名了，会有一些打歪主意的人来纠缠，妈能保护好你。”

星妈与女儿形影不离，陪着去排练、演出，陪着回家吃饭、休息。女儿长得纤细、秀气，星妈则威武雄壮，对比强烈，成了一个看点，走在路上常有人指指点点。有愣头青小伙挤过来，要求与郦丽合影留念，星妈一声断喝：“走开些！”还有人拼命把求爱信往郦丽手上塞，星妈一把抢过来，撕碎，然后往空中一扬，笑声像打雷一样洪亮。

郦丽有戏的夜晚，星妈做好饭，和女儿吃过后，陪着去剧院后台。笑眯眯坐在一边，看女儿化妆、穿戏衣。女儿登台后，她就站在侧幕边，手里拿着一把小巧的白瓷茶壶，随时准备让女儿下场时啜饮润喉。

郦丽能演花旦，也能演青衣，所会的戏很多，《霍小玉》《杜十娘》《玉堂春》《贵妃醉酒》《花田错》《十三妹》……不但扮相好，而且把荀派艺术唱念并重、动作优美的特点，发挥得淋漓尽致。郦丽不但京白说得好听，韵白也与众不同，好像有标点符号似的，在节奏中充满情感。唱起来则快中有舒缓，平淡中又奇峰突起，婉转悠扬，韵味醇厚。

京剧院的人都喜欢星妈，说她虽不在编，俨然就是他们的同事和长辈。

星妈的厨艺不错，常叫女儿把她的好友请到家里来吃饭。她亲自掌勺做出几品好菜。谁家有红白喜事，女儿送了礼，星妈还要单独送一份。所以，郦丽在前台后台，都有好人缘，大家都愿意帮衬她、捧她。

星妈也有心事，只是埋在心里不说。女儿得给她找个好女婿，她希望女儿幸福，也希望自己老有所依。

郦丽上戏校大专班时，因住宿在校，星妈管不到。小家伙年轻没经验，和教戏的老师鄂为好上了。

四十岁的鄂为已有妻子、孩子，会教戏也会哄人。直到有一天郦丽回家，老是不停地给鄂为打手机问怎么办？神色慌慌的。星妈见多识广，脑子一转，就知道是怎么一回事了。夜深人静，她拿了把菜刀，把女儿叫醒，让她说实话，否则宁愿自己抹脖子自杀。郦丽拗不过母亲，吞吞吐吐全盘托出，然后说她有身孕了，鄂为又不想离婚。

星妈问："你想怎样？"

"我去学校告他，让他被开除，然后我再去打掉孩子。"

星妈说："不能去告。他受处分，你的名声也坏了，将来还怎么工作怎么成家？你先去做掉孩子，老娘再和鄂为好好谈一次，让他痛改前非，否则我要他的小命。这对大家都有好处。"

郦丽扑到娘怀里，小声啜泣。

一件原本山摇地动的事，星妈悄无声息地处置妥帖。

星妈发现唱武生的白小飞，二十九岁了还没有成家，他很喜欢郦丽。白小飞长得英俊，武功好，唱得也好，走的是杨小楼杨派武生的路子。

每次星妈和郦丽走进后台，白小飞肯定在门口迎接她们，谦和地问候："郦老板好。星妈吉祥。"然后又说："今晚戏份重，郦老板赶快去歇一歇。"有一次郦丽因受了风热有点咳嗽，他亲自上门，送来由他妈妈熬好的银耳冰糖汤，密封的小陶罐外还包了一层丝绵套。

事后，星妈问女儿："他很喜欢你？这小伙子人不错，大家都说他的好话。他向你提过吗？"

"没有。"

"为什么？"

"他爸过世得早，妈妈又没有工作，还老是病，家穷。他怕被人看不起，从不谈成家的事。"

"你喜欢他吗？"

女儿脸红红的，点点头。

"小白是个实诚的人，我看行，他不说，你就说。"

"哪有女的向男的说的呀？"

“呸，什么时代了？蠢！”

秋风飒飒，枫红桂香。

这一晚是折子戏专场，一共四出，第一出是郦丽的《贵妃醉酒》，第三出是白小飞的《挑滑车》。

郦丽化妆时，老用眼睛往白小飞那边瞧。星妈也顺着女儿的目光去看白小飞，因他是第三出，不急着化妆、穿戴盔甲，木木地坐着，两只手不停地搓来搓去，还不时地摇着头。

星妈问：“小白家里出什么事了？”

“他妈住院了。晚上他要演出，拜托医院的护士照看，他不放心哩。”

“我看你也是魂不守舍的，戏比天大，可不能演砸了。让我去告诉小白，我去医院照看他妈，你看好吗？”

“当然……好。”

星妈忍不住笑了，说：“你呀——你呀！”

说完，就向白小飞那边快步走去……

这一晚的折子戏，出出精彩，叫好声此伏彼起，如大江之潮。

卸了妆，白小飞奔到郦丽跟前，说："谢谢郦老板，谢谢星妈！"

郦丽小嘴一噘，说"还叫我郦老板？"

"哦，该叫郦丽。我们……一起去医院？"

"行！"

凤凰沱江夜

深秋时节。白天，在湘西凤凰观山赏水，叩访陈宝箴、熊希龄、沈从文诸先贤的故居，毫无倦色。入夜，同行的作曲兼男高音歌唱家伍音，告诉我们："沱江的夜景不可不看，酒吧的歌不可不听，美景、美酒、美歌，岂能枉失？我做东请大家！"

伍音蓄着长发的头，往上昂了昂，抖动的发丝似乎传出了快乐的细响。他眼睛微眯，显得很神秘。

我们一行来自北京，都是搞音乐的，或在大学任教，或供职于专业文艺团体。伍音是首都一家电视台音乐节目的策划人，能干又才华横溢。到湘西凤凰来采风，是他提议并促成的。当然顺带还有一个任务，电视台在两个月后准备搞一台“农民工音乐会”，或许可以碰到一些好节目。

我们的住处离沱江不过数步之遥，于是，在华灯初上时，我们欣然前往。

澄碧的沱江，在两岸层层叠叠灯火的映照之下，宛若一条缀满珠宝钻石的长花带，熠熠生辉地系在凤凰城的腰间。两岸的酒吧、歌厅、店铺，比肩而立，灯火与星月争辉，歌声与酒香糅杂。临河的石板街道上，人如蜂拥，笑语纷至沓来。码头边停着排排游船，路灯下摆着卖小吃的摊子。土家族的汉子肩挑水果，沿途叫卖；苗家小姑娘捧着鲜花，向少男少女兜售表达爱情的浪漫。我想起十里歌吹的扬州瘦西湖，想起南京笙箫喧闹的秦淮河，想起宋代词人柳永吟咏杭州的《望海潮》：“烟柳画桥，风帘翠幕，参差十万人家。”此情此景，与其何其神形毕肖。

这场景，确实让我们亢奋，因为是初访。而伍音是旧地重游，且有数次，平日说起灯火沱江夜，我们只是半信半疑。

伍音引我们来到“守望梦”酒吧。两层小楼，格局不大，但清幽可人。奇怪的是大门边的台阶上，露天安放小巧的一桌二椅，大约是专为情侣所设，可近距离听江声观灯景，亦可听屋内传出的吉他声与歌声，再加上两个人的款款情语，会浪漫得让人发痴发呆。一楼的小厅里，有小歌台、吧台、酒柜、书刊架，还有四五张小桌及相配的椅子。店主老杨，和伍音很熟，忙迎上来，说：“你几次打电话，说各位音乐家要光临本店，真是太荣幸了。”

“小石呢？”

“他得把家事料理一下，准八时到。先上二楼？”

“好。”

我们由店主引导上到二楼，长条桌临窗，十几个人各就各位。啤酒、香茶、水果、点心，一一摆上了桌，气氛一下子热烈起来。

喝酒、品茶、聊天，白天的疲惫烟消云散。

很快就过了八点。

楼下的小厅，传来歌手优美的吉他声和歌声。伍音说："是小石！这个歌手乐感很好，我过会儿把他请上来。"

酒酣耳热，茶沸舌甜。

又过了一会儿，年轻的歌手拿着吉他上来了。一问，他就是小石，苗族人，二十三岁，完全是自学成才，应聘于斯。他蓄着长发，脸白净，眉清目秀，穿着也很时尚。

他问："各位老师想听什么歌？"

伍音说："你喜欢唱什么就唱什么。"

吉他声响起来了，好听的歌声也随之而起："姑娘姑娘我想你，太阳为你燃烧，月亮为你升起……"

小伙子弹得很动情，唱得也很投入。一曲刚完，掌声响成一片。

接着他突然嗓音一变成了女声，尖、亮、脆，民歌与通俗唱法糅合得严丝合缝。歌名为《月下纺纱曲》。“白天收稻光脚丫，夜摇纺车月光下。阿哥进城打工去，思念如棉纺成纱。”

我们对湘西民歌的音乐素材并不陌生，小石唱的曲调有变化，在运气、节奏上，分明融入了一些时尚音乐的元素。或是他自个儿的创新，或是有高人指点，但我们更相信是后者。

我问 :“伍音，是你？”

伍音摇了摇头，说 :“是小石的别出心裁，我不过提了点建议。”

小石又唱了两支歌，才挥手告辞下楼去了。因为，还要照顾楼下客人的点歌。

有人提议，我们都到一楼去，那里人多热闹。

“好。”大家都很赞同。

于是，我们来到一楼。

小石坐在歌台上，伍音也在旁边坐下来，并和小石小声交谈，大概是从专业的角度提出建议。

伍音忽然大声说：“各位朋友，下面由小石演唱一首湘西古老的民歌《藤与树》，是表现爱情的坚贞不渝。现在的年轻人闪婚、闪离的太多了，听听这首歌，大家肯定会感动得要死要活！”

掌声、欢呼声，还有口哨声，此起彼伏。

小石长发一甩，边弹吉他边唱起来。歌词只有四句：“进山看见藤缠树，出山看见树缠藤。藤死树生缠到死，树死藤生死也缠。”小石先用男声唱，再用女声唱，倘若听众闭上眼睛，一定会认为是一男一女在合作演出。歌词形象、生动、有感染力，曲子虽是多少代流传下来的，但因作了改进和调整，新意盎然。

伍音坐在旁边打着拍子，不时地点头微笑。

我轻声对身边的同伴说：“这歌好啊，可让小石参加‘农民工音乐会’。”

“对。伍音让我们到现场，为的是我们将来投个赞成票。”

我听人说过，沱江两岸的酒吧，歌手的队伍很庞大，真有人遇到伯乐，唱红了歌坛。也许小石是个幸运儿，今夜会让他终身难忘。

小石唱了好多支歌。

伍音也忍不住引吭高歌一曲，由小石弹吉他伴奏。

萍水相逢，短暂旅途亦如家。

夜渐深，明日还有采风任务，告别“守望梦”，我们回到宾馆。

半个月后，我们回到北京。

首都电视台的“农民工音乐会”，按程序紧锣密鼓地进行。小石演唱的《藤与树》，入选了。

在离现场直播音乐会还有十天时，按规定所有参加节目的人必须进京排练、走场、试镜头。

伍音突然打电话告诉我，小石来不了了！一是因他父亲早已过世，他又是独子，家有一个瘫痪在床的母亲，白天离不开人，夜里到酒吧去工作，还得请邻居帮忙照顾；二是“守望梦”酒吧离不开他这个台柱子，他一走，生意马上会冷淡下来。店主老杨说，如果小石要请假，以后就别在这里上班了。

“这也许是小石成为一个明星的好机会，但他只能守着家，守着‘守望梦’酒吧讨生活。唉——”

伍音说完，长长地叹了一口气……

ISBN 978-7-5142-1492-5